Abbruch Umbruch Aufbruch

AF284879

Über die Autorinnen und Autoren

Die Autorinnen und Autoren dieser Anthologie kommen aus der Region des Fünfseenlandes und haben sich in der Textstube Tutzing zusammengefunden, einer Autoren-Schreibgruppe, in der auch die Idee zu dieser Anthologie geboren wurde.

Breit gestreut sind auch der Erfahrungsschatz und die Erzählstile, weshalb jede Kurzgeschichte ihre, jedes Gedicht seine ganz persönliche und einzigartige Note aufweist.

Über die Herausgeberin

Rosemarie Benke-Bursian ist eine Autorin, die bereits in unterschiedlichen Genres veröffentlicht hat, darunter auch mehrere Krimis.

Seit vielen Jahren leitet sie diverse Schreibwerkstätten für Kinder, Jugendliche und Erwachsene, arbeitet als Autorencoach, freiberufliche Lektorin und leitet seit 2008 eine Schreibwerkstatt für Kinder- und Jugendliche sowie seit 2014 für Erwachsene die Textstube Tutzing.

https://www.rosemarie-benke-bursian.de/

Über die Textstube Tutzing

Die Textstube Tutzing ist eine Schreibwerkstatt für angehende und etablierte Autorinnen und Autoren, in der sich alles ums Schreiben, Veröffentlichen und Vermarkten dreht.

Neue Interessenten sind jederzeit herzlich willkommen.

Abbruch

Umbruch

Aufbruch

Bibliografische Information der Deutschen Nationalbibliothek: Die Deutsche Nationalbibliothek verzeichnet diese Publikation in der Deutschen Nationalbibliografie; detaillierte bibliografische Daten sind im Internet über http://dnb.dnb.de abrufbar.

Impressum

Copyright © 2021 Rosemarie Benke-Bursian
1. Auflage

Cover: **Renee Rott, Dream Design – Cover and Art**

Herstellung und Verlag:
BoD – Books on Demand, Norderstedt

ISBN: 9783752692280

Inhalt

Abbruch Umbruch Aufbruch

Christa Dannenberg

Sie ist bereits Ende 50 und fragt sich: War mein Leben schon oder kommt noch was?

Ein glückliches Leben hat sie nicht gelernt, ein unglückliches will sie nicht mehr.

Vielleicht ist jetzt die Zeit reif, eigene Bedürfnisse zu erspüren, endlich den eigenen inneren Gesetzen zu gehorchen.

Sie kannte sich bisher nur als Erfüllungsgehilfin ihres Umfelds, sei es im Büro oder in ihren beiden trostlosen Ehen, dafür gab es weder Dank noch Anerkennung, vertraute Defizite aus der Kindheit.

Abbruch.

Nun dieser unbekannte Zustand, nur sich selbst genug sein, ohne feste Struktur, ohne Druck, kein Streit, vor allem keine Liebe – niemals? Sie empfindet nur noch ein Vakuum, ein unfreiwilliger Kokon!

Der Tag wird unendlich lang, beinahe feindselig und das Leben verkürzt sich jeden Tag.

Die Zeit interessiert sich nicht für mich, grübelt sie, die Zeit macht nur alt.

Sie denkt zurück an all ihre verlorenen Jahre, ein an ihren Neigungen vorbeigehendender Beruf, an die zweimal zehn Jahre in jeweils einer vernunftgesteuerten Ehe, alles beschlossen und geschlossen durch anerzogenen Pragmatismus, kombiniert mit Existenzangst, stete Begleiter ihrer Kindheit.

Nur über den Weg der Krankheit gelingt ihr der Durchbruch in die innere und äußere Freiheit.

Freiheit verpflichtet, Erkenntnisse auch.

Aufbruch!

Sprießende, unbekannte, neue Kräfte sammeln sich, sie ist verwundert.

Soll sie einmal Verrücktes wagen, einen Resetknopf drücken, ihren Computer erforschen?

Ungeahnte Möglichkeiten.

Umbruch.

Sie meldet sich mutig bei einer Datingplattform an.

Viel muss man hier preisgeben, von sich und seinem Inneren, eine Art Präsentierteller, Druck stellt sich ein und das Schlimmste: Es muss ein passables Foto her.

Ein neuralgischer Punkt – sie ließ sich schon als Kind nur unter Zwang fotografieren, lächelte nie.

Sie war es nicht – auf keinem Bild.

Endlich ist ihr Profil erstellt, sehr unsicher noch, sendet sie es nun in eine unberechenbare Welt.

Vorsichtig prüfend, öffnet sie am nächsten Tag ihr Postfach.

Sie traut ihren Augen nicht, nicht ihrem Verstand, nicht ihrem Gefühl, sie ist verwirrt.

Jede Menge Zuschriften von Interessenten, alles ansehnliche Männer, bitten um Kontaktaufnahme. Sie liest und forscht in den Profilen Altersangaben, angedeutete Wünsche und Hoffnungen, Fotos, sympathische Kandidaten.

Sie glaubt sich in einem Abenteuerland, da knallt ein neues Profil auf den Bildschirm, beinahe aufdringlich, bebend staunt sie: ein atemberaubendes Männerbild – ein Bild von Mann – ein Filmstargesicht – zu schön für ein banales Leben, denkt sie.

Fiebernd liest sie seinen englischen Text, da ist schon der kleine Haken, sinniert sie, er ist in Florida wohnhaft, möchte aber eine deutsche Frau und zwar sie, sie sei es, die eine, von der er angeblich immer geträumt hat. Moment – beruhigt sie sich – sie ist also seine Traumfrau?

Ja, ihr Foto hätte ihn sofort gefangen genommen, filtert sie aus dem langen Text heraus.

Sie fühlt sich auch gefangen und befangen, in ihrem Inneren scheinen sich alle Organe zu verschieben, sie fühlt sich schwindelig und gleichzeitig in einem Glückstaumel.

Er will mehr, alles, über sie wissen, sie soll für diese Infos einen sogenannten Messenger außerhalb der Dating-platform einrichten, und: ihr Profil sofort löschen, um andere Kandidaten auszuschließen.

Dieser Mann weiß was er will, fasziniert von diesem männlichen Verhalten, erkundigt sie sich nach einer unruhigen Nacht bei ihrem computererfahrenen Nachbarn über die Einrichtung eines Messengers.

So geht sie neue Wege des Kennenlernens.

Er ist Geschäftsmann für elektronische Geräte, international tätig, weltoffen, deshalb möchte er auch andere Kulturen und Länder kennenlernen, sportlich, er habe gute Manieren, erfährt sie. Auch sie teilt alle Details ihrer Situation mit.

Gefühlvoll, mit guten Wünschen für den Tag und die Nacht verabschiedet er sich. So geht es die nächsten Tage weiter, sie formulieren schon Zukunftsvisionen, voll Liebe und Erfüllung und dazu der Sonnenschein in Florida.

Auch intime Fragen, wie lang man schon ohne Partner sei, Wünsche, Hoffnungen werden ausgetauscht. Liebesgrüße am Morgen, Gute Nachtwünsche und sensible Worte begleiten sie in den Schlaf. Ihr Glückskarussell dreht sich. sie schläft nicht, ihr Kreislauf läuft im Kreis, sie schwebt, blüht, verglüht.

Sie legitimiert sich vor sich selbst, sie habe nach all den Entbehrungen und Härten das Recht auf einen inneren Lichtschacht.

So tauschen sie weiter ähnliche, beglückende Empfindungen aus, bewegen sich ihren beiderseitigen Traumvorstellungen entgegen.

Sie fragt sich in den Nächten, wie es sein kann, sich an einen eigentlich Unbekannten so zu verlieren, so zu vertrauen.

Ein Foto, schöne ergreifende Texte, überbordend. Nie Gelesenes, nie Erlebtes, nur Ersehntes-nun alles auf einmal.

Ein Rauschzustand, Worte die streicheln, sie hat kein Zeitgefühl, auch kein Bedürfnis, sich ihrer Umwelt mitzuteilen.

Nur schreiben an ihn, sie wird poetisch, was ihr erstaunlicherweise leicht in englischer Sprache fällt, das Wörterbuch stets in ihrer Nähe, längst ein enges Bündnis.

Der Wunsch, seine Stimme zu hören, wird stark, sie hat genaue Vorstellungen, wie er sein wird: sanft, zärtlich, männlich, passend zum ausgedruckten Foto, sie spürt Wärme – überall!

Sie teilt ihm ihre Telefonnummer mit.

Und mitten in der Nacht schrillt ihr Telefon, zitternd hebt sie ab:

Ein kratziges, beinahe aggressives „Hello" im seltsam unbeholfenen Englisch, amerikanisches Englisch? Nein, kein amerikanisches, notiert sie im Hinterkopf.

Während die seltsame Stimme enttäuschend Belangloses fragt, läuft parallel der Vergleich zwischen Foto und Stimme, wie geht das zusammen?

Das Foto ist Gold, die Stimme Blech.

Holprig und unkonzentriert läuft der dünne Gesprächsfaden weiter, während in ihr unheilvolle Ahnungen aufsteigen.

So endet das sprachliche Intermezzo, sie schläft nicht, Wachsamkeit dominiert sie.

Ein neuer Morgen, fast furchtsam schaut sie in ihren PC.

Die bereits vertrauten, verwöhnenden Zeilen begrüßen sie, auch lobt er ihre sexy-Stimme, sie erwähnt die seinige nicht, immer noch hoffend, sie sei im Irrtum ihrer inneren Warnung.

Sie will und muß weiter vertrauen!

Sie wird belohnt!

Er will sie dringend in Deutschland besuchen, er will ihr Umfeld kennen lernen, er will zu ihr.

Zuvor läßt er sie wissen, müsse er noch einen wichtigen Deal in Westafrika abwickeln,

Vom hohen Gewinn ist die Rede, die Ware wäre bereits auf dem Seeweg, dann müsse er persönlich vor Ort sein, um das Geld wegen der Korruptionsgefahr im Lande zu sichern.

Mit diesem Gewinn könnten sie dann Luxustage in Paris verbringen und mehrere Wochen in ihrer Heimat bleiben.

Sie steht in Flammen, welch ein Entgegenkommen!

Zwei Tage muss sie nun ohne seinen Kontakt auskommen, da er die Geschäftsreise und die Abwicklung durchführen muß.

Natürlich hat sie volles Verständnis für seine Situation, sie wird ja um so mehr belohnt.

Mit diesen Gedanken an ihn und Afrika umhüllt sie ein leichter Schlaf, der jäh durch einen Anruf unterbrochen wird.

Schon im Moment des Abhebens stößt ihr ein wildes „I need you – Help!" entgegen, fordernd, unhöflich, sie solle weitere Erklärungen im Messenger lesen.

Ende des Gesprächs.

Völlig geschockt, verwirrt, angstbebend, Böses ahnendes startet sie den PC.

Eine schlimme Nachricht, voller Konfusion, er werde genötigt, erpresst von afrikanischen Zollbehörden. Er muß hohe, unvorhersehbare Summen zur Freigabe seiner Ware zahlen.

Diese Summe habe er nicht bei sich, der Besuch in Deutschland sei somit auch gefährdet.

Sie, nur sie, kann ihn retten, liest sie, er benötigt dringend 5000 Euro, per Blitzüberweisung, sie könne jetzt ihre Liebe beweisen, selbstverständlich bekäme sie das Geld sofort zurück.

In ihrem Leben stets hilfsbereit, denkt sie fieberhaft über eine Lösung nach.

Sie selbst hat sich noch nie Geld leihen müssen.

Diese Ausnahme würde sie nur für ihn machen, aber es gibt niemanden, der helfen könnte.

Sie schreibt ihm flatternd, sie könne keine finanzielle Hilfe leisten, will ihn trösten, verspricht nach Möglichkeiten zu suchen.

In dieser Nacht antwortet er nicht mehr.

Ihr Herz scheint mit Stacheldraht umwickelt zu sein, so groß ist der Schmerz, sie fällt in einen komaähnlichen Schlaf.

Am nächsten Morgen aber warten wieder versöhnliche Zeilen auf sie, er entschuldigt sich, sie solle doch nochmal über Hilfe nachdenken. Er würde wieder anrufen.

Vor dieser Stimme fürchtet sie sich, mit dieser Blechstimme will sie nicht vertraut werden.

Erneut die aggressive Forderung nach Geld, drohend. Innerlich vereist, legt sie auf.

Sie hat das Gefühl, ein Fremder sei im Raum.

In den kommenden Nächten wird das Telefon ihr Feind, in dicken Handtüchern verpackt, will sie sich dem akustischen Gespenst entziehen.

Ihr Hirn spielt verrückt, war alles nur wieder eine trügerische Einbildung, verfehlte Sehnsüchte und Hoffnungen: Kann sie sich überhaupt noch selbst trauen?

Diese hilflose Leere, jetzt hätte sie großen Redebedarf mit Freunden, die aber hatte sie ausgeklammert.

Diese Peinlichkeit, dieses abgrundtiefe Schamgefühl – wohin damit?

Denn ihr ist grausam klar geworden, daß sie einem Betrüger über den Weg der Liebestäuschung aufgesessen ist.

Er wollte nur Geld! Diese fremde Stimme warnte sie bereits in den ersten Momenten, da hing sie aber schon im Netz der Illusionen.

Aufbruch!

Ungezählte Heilungswochen später, zappt sie im TV, bleibt in einem Kanal stecken.

Sie hört einen völlig unbekannten Begriff: „Romance Scamming", dieser Internetbetrug, so vernimmt sie, nutzt die Gefühle überwiegend älterer Frauen schamlos aus. Mit gestohlenen Identitäten aus dem Netz erpressen sie dann Geld von ihren Liebesopfern.

Gebannt verfolgt sie dann noch mutige Opferberichte geschädigter Frauen und gefakte Fotos toller Beispielmänner sind zu sehen

Sie hatten bezahlt, viel bezahlt.

An dieser Stelle war sie froh, nur emotional bezahlt zu haben, aber was wäre geschehen, wenn sie Geld gehabt hätte?

Strafrechtliche Verfolgung, so wurde berichtet gibt es kaum, da ja alles im Ausland abläuft und die Täter schwer zu ermitteln sind.

Wenigstens fühlt sie sich jetzt weniger allein – es gibt eine Opfergemeinschaft!

Seltsam getröstet, beinahe schmunzelnd denkt sie: Ich könnte ja eine Selbsthilfegruppe gründen.

Auf zu neuen Ufern!

Vom Glück des Vergessens

Christa Dannenberg

Du bist alt geworden, ohne dir jemals begegnet zu sein.

Ich lud dich zu mir nach Hause ein, du konntest dich hier frei, ohne jegliche Verpflichtung bewegen, was bei deinem in der Nähe lebenden Sohn so nicht möglich war.

Mich machte deine verträumte, nicht-sehen-wollende Veranlagung immer noch wütend.

Du warst schon in jungen Jahren denkbequem, bautest stets eine Mauer um deinen anstrengenden Ingenieurs-alltag herum, und es wurde im Alter natürlich nie mehr besser mit deinem Gedächtnis.

Nun, während deines Besuchs, war für mich kaum noch ein Gesprächsverlauf spürbar. Stattdessen kamen die ewigen Geschichten und scheinbaren Abenteuer während deines Studiums zur Sprache, für mich ermüdend und langweilig.

Und ich stellte fest, du beherrschtest die einfachsten Arbeitsabläufe nicht mehr: Zum Beispiel konntest du in meiner überschaubaren Küche nichts finden, weder die Kaffeetasse noch den Kaffee.

Unsere Diskussionen führten nur zu Missverständnissen und Wiederholungen des gerade Gesprochenen. Wir schleppten uns durch die Tage. Ich war sehr genervt und froh, dass ich nach einer Woche wieder allein war.

Nie aber nachtragend, wir beide, besuchte ich dich nun in deinem neuen, einsamen Leben, das in einer kleinen Zweizimmerwohnung eine erschwerende Begrenzung darstellte, insbesondere nach einem wechselreichen Leben mit mehreren Umzügen, Scheidungen und Herzinfarkt.

Du warst zwar in deinem Heimatort zurück, doch ohne je zuhause zu sein. Wie ein Statist, von Regalen umbaut, gefüllt mit alten und neuen Computerzeitschriften, nie gelesen.

Ich stellte in deiner Wohnung eine gewisse Verwahrlosung, so wie auch an dir selbst, fest.

Schmutz in Küche und Bad, seltsame Sammlungen von leeren Dosen und angerissenen Tütensuppen, ein Durcheinander, dominiert vom ranzigen Geruch einer verdreckten Fritteuse.

Auf meinen Einwand, dass diese Art der Ernährung, vor allem altes Fettiges, wohl kaum gesund sein könnte, antwortetest du desinteressiert, dass du sowieso wenig isst.

Über diese Art deiner Logik entzündeten sich immer wieder Debatten.

Ich war, und blieb jetzt erst recht, zu anstrengend für dich, du wolltest nicht denken, nur verdrängen.

Auch diese Eigenschaft kannte ich von früher, jetzt traten all diese Charakterelemente verstärkt zu Tage, was mich wiederum in alten negativen, unverarbeiteten Erlebniswelten hielt.

Du saßt vor einem Frühstücksbrötchen, lächeltest es an, nipptest am längst lauwarmen Kaffee, vergaßt aber zu essen. Verträumt, beinahe weggetreten, starrtest du an die Decke. Auf meine Gesprächsversuche respektive Fragen reagiertest du fast gar nicht.

Ich entdeckte ein Medikamentenpotpourri, jeden Tag solltest du aufgrund deiner Herzerkrankung regelmäßig eine Dosis schlucken, du wusstest aber nicht, wann du zuletzt Tabletten genommen hattest.

Ich versuchte, ein wenig Ordnung, schon um meiner selbst willen, zu schaffen, was für dich aber nervöse Umtriebigkeit bedeutete.

Wir haben beide, wenn auch nicht zufriedenstellend, die Tage überstanden.

Ich hatte aber ein ungutes Gefühl, dich zurückzulassen. Wut, Verzweiflung und Hilflosigkeit überkamen mich.

Ich beschloss, mich mehr zurückzuziehen, wenn auch mit ungutem Gefühl.

Als ich nach dieser Woche abgereist war, kreisten meine besorgten Gedanken dennoch ständig um dich.

Ein Jahr später ein erneuter Besuch bei dir.

Eine Steigerung meines Unbehagens. Es beginnt schon damit, dass du mich nicht, wie zwanzig Minuten vorher telefonisch angekündigt, am Bahnhof abholst.

Nach längerer Wartezeit rufe ich dich erneut an. Es dauert, bis du endlich ans Handy gehst. Du fragst erstaunt, warum ich nicht mit der Straßenbahn fahre. Ich reagiere aggressiv, war ich doch lange, aus Amsterdam kommend, unterwegs. Nun stehe ich in der januarkalten Bahnhofsgegend, die wenig vertrauenerweckend wirkt, sinnlos herum.

Du versprichst, sofort loszufahren, in zehn Minuten würdest du hier sein.

Es vergeht eine weitere halbe Stunde Dann endlich kommst du gehetzt an, ich werde innerlich noch ungehaltener über deine elende Erscheinung. Du täuschst Gelassenheit vor, dann beginnt eine wilde Autofahrt.

Zunächst achte ich nicht auf die Gegend, aber mir erscheint der Weg etwas seltsam. Ich frage, ob es nun eine Stadtrundfahrt gäbe, du antwortest lakonisch, viele Wege würden nach Rom führen.

In mir erwächst ein fürchterlicher Gedanke – *Vielleicht hast du die Orientierung verloren?* – so bemühe ich mich, mitzuschauen. Du wohnst in einem markanten Hochhaus, eigentlich von Weitem sichtbar.

Ich starte ein entspannendes Geplänkel, um dich nicht noch mehr zu verunsichern.

Dann aber, als du dein Wohnhaus durch weiterfahren ignorierst, beziehungsweise übersiehst, überkommt mich ein eisiger Verdacht: Anzeichen fortgeschrittener Vergesslichkeit? Demenz?

Ich versuche diesbezüglich die schmerzhafte Ahnung erstmal scherzhaft zu überbrücken. So habe ich es frühzeitig in meinem Leben gelernt. So kennst du mich, und reagierst auch belustigt, erwähnst meinen Galgenhumor, den ich stets gut platzieren würde.

Wir kommen nach der nächtlichen Irrfahrt endlich, nach circa fünfundvierzig Minuten, an unser Ziel, statt normalerweise in üblichen zehn Minuten.

Dann der noch größere Schock beim Betreten der Wohnung: seltsam üble Gerüche, schlechte Beleuchtung, eine umgeworfene Tasse auf dem Boden.

In der Toilette stolpere ich über einen seltsamen Kasten, beim näheren Betrachten ein Katzenklo! Jetzt erklärt sich auch der Geruch: Katzenurin.

Mir wird übel, noch dazu habe ich seit ewigen Zeiten eine Katzenallergie. Ich frage dich, wo die Katze ist, doch wohl nicht in dem Zimmer, in dem ich übernachten werde?

Du reagierst erstaunt und fragst: „Katze? Ach ja, wo ist die Katze ..., sie mag dich nicht, du bist böse."

Ich werde jetzt wirklich böse, ich erwähne, dass ich Katzenhaare nicht vertragen kann, und wenn ich das vorher gewusst hätte, wäre ich nicht gekommen. Meine Allergie müsste dir eigentlich bekannt sein.

Ich schlafe sehr ungut ein, zuvor habe ich noch kontrolliert, ob du in deinem Schlafsackgemach im Wohnzimmer okay bist.

Dabei stellte ich fest, dass du deine Tageskleidung vollständig anhast. Auf die Frage, wo dein Schlafanzug sei, antwortetest du: „Das trägt man heutzutage nicht."

Zähneputzen anscheinend auch nicht. Überhaupt, beim Zahnarzt scheinst du schon Jahre nicht mehr gewesen zu sein, ich spüre Rede- und Handlungsbedarf.

Am nächsten Morgen wage ich einen Blick in deinen Kleiderschrank, alles unsortiert, schmutzige Wäsche, gestapelte Putztücher, dazwischen eingerollte, ungebügelte Hemden, jede Menge technischer Geräte, denen ich mich später widme. Ich will eigentlich nur frische Wäsche für dich suchen.

Unrasiert wie ein Obdachloser trittst du mir mit schelmischen Gesichtsausdruck entgegen. Ich sehe nach deinem Bettzeug, welches ich im Wohnzimmer nicht finden kann. Ich frage dich, wo es ist. Du behauptest, ich hätte es versteckt.

Ich begebe mich ins Küchenchaos und versuche mir eine gewisse Übersicht der Missstände zu verschaffen.

In jedem Schrankfach ein wüstes Durcheinander, Kaffeefilter kombiniert mit Nähzeug, Katzentrockenfutter und leere, gut gespülte Margarinegefäße, in manchen finde ich Geldstücke, die du angeblich sammelst.

Eigenmächtig entsorge ich diese überflüssigen Behältnisse. Ich versuche eine gewisse Aufräumsystematik, da fragst du mehr als ängstlich, was ich mache, es wäre doch alles in Ordnung.

Meine innere Besorgnis wächst, ich schaue weiter in der Küche: Es wird schlimmer, drei verschiedene Kaffeekapselmaschinen mit nicht zuordenbaren Kapseln, es ist natürlich keinerlei technische Beschreibung vorhanden.

Ich frage dich, welche Maschine du am ehesten benützt, wie sie funktionieren. Mit einem spitzbübischen Lächeln sagst du mir, du würdest nur Filterkaffe trinken. Ich könne die Maschinen mitnehmen, „dann habe ich mehr Platz in der Küche", so deine Bemerkung.

Nach so viel Innendienst muss ich mit dir an die frische Luft, was du als Stubenhocker so gar nicht willst. Ich rede von Gesundheit mit Bewegung in der Natur und so weiter, du grinst nur immer hilflos, behauptest, es geht dir sehr gut.

Beim Verlassen deiner Wohnung, sehe ich auf dem Rasen ein blaues Bündel: dein verschwundenes Bettzeug, du hast es aus dem 9. Stock nach unten befördert.

Draußen im Park erwähne ich vorsichtig, ob du nicht eine Putzfrau einstellen willst.

Du verneinst, wie so oft, es wäre doch alles okay, ich soll mal nicht zu pingelig sein.

Nach einer Stunde im Grünen beschließen wir Kaffee zu trinken.

Du erwähnst, Geld am Automaten besorgen zu wollen, nur müssen wir erstmal aus dem Park rausfinden. Ich teste dich, ob du den richtigen Ausgang findest – ich hatte mir vorsorglich den Parkplatz gemerkt.

Du drehst dich um, unsicher, hektisch, ich lenke dich, von dir unbemerkt, und als wir am Auto sind, sagst du, dass du den Platz doch gut gefunden hast.

Ich werde seltsam ruhig, nachdenklich.

Das nächste Desaster ist der Geldautomat: Du kommst ohne Geld zurück und behauptest, der Automat sei defekt. Ich werde skeptisch und frage nach deiner Pin, ich würde es selbst versuchen.

Du verlässt sehr hektisch das Thema, für Kaffee reicht das Geld noch, behauptest du.

Im Café, beim Bezahlen, leerst du deine Geldbörse auf den Tisch und sagst der Bedienung, sie soll sich das passende Geld nehmen. Mir ist das peinlich, erkennst du die Münzen nicht mehr?

Innerlich beschließe ich nach all diesen Situationen, nach deinen Papieren zu schauen, es liegt da wohl einiges im Argen.

Es folgt die Aktion Schreibtisch und Aktenschränke, von denen in der kleinen Wohnung fünf Stück stehen. Alle Räumlichkeiten sind als Büro eingerichtet. Wie ich so nach und nach bemerke, täuschen sie, zusammen mit dem überdimensionalen Schreibtisch – ebenfalls mit Papierstapeln befüllt – und dem PC, der permanent läuft, große Geschäftigkeit vor.

So bleibt nur ein karger Sitzbereich mit einem winzigen Tisch. Hier sitzt du – ungemütlich für meine Begriffe – du magst die niedrige Couch nicht, wie ich vernehme.

Bei Durchsicht der Schränke schlägt mir ein riesiges Durcheinander entgegen, unzählige Farbdrucke von den größten Schiffen der Welt, Prospekte von technischen Neuheiten, dazwischen Spendenquittungen von, mir unbekannten, Vereinen und Verbänden.

Mehrere Versicherungen für alles und jedes, dazwischen Kontoauszüge älteren Datums, denen ich mich genauer widme. Verschlossene Umschläge einer Internetbank, ich öffne sie, es geht hervor, dass mehrfach Pins verschossen wurden und daher auch keine Geldgeschäfte mehr abgewickelt werden können. Ich sortiere tagelang – eigentlich hasse ich diese Tätigkeit – zwölf Säcke Altpapier sind das Ergebnis. Gott sei Dank lässt du mich handeln.

Es gäbe noch so viel zu räumen, aber ich kann dir ja nicht alles nehmen. Also lass ich die drei Computer in den Wäscheschränken, von vier Navis erlaube ich mir, eins mitzunehmen.

In der Küche hast du den Kühlschrank mit dem Gefrierschrank verwechselt. Lebensmittel verderben.

Drei Handyverträge habe ich gefunden, mir fällt auf, dass du oftmals Geräte dreifach hast. Die Mitarbeiterin der Telefongesellschaft erkennt den Ernst der Lage und ist kulant, wir müssen die Kündigungsfrist nicht einhalten. Gott sei Dank unterschreibst du die Papiere, ohne zu fragen wie und warum.

Außerdem ist mir nach Durchsicht in einem der Mobilgeräte aufgefallen, dass du keinen Kontakt gespeichert hast, daher auch nirgends anrufst und auf Nachfrage sagst du mir, das Gerät wäre neu, du müsstest dich erst einarbeiten, aber das Gerät war schon ein Jahr in deinem Besitz.

Auch Schlüssel sind dein Problem, du hast sehr viele, von denen du nicht weißt, wo sie hingehören. Ebenso jede Menge an Brillen in unterschiedliche Stärken und Modellen, mit keiner siehst du genau. Ich sortiere die unbrauchbaren aus. Die zwei halbwegs richtigen Stärken liegen übersichtlich auf dem Couchtisch.

Du aber suchst abends wieder hilflos deine Brille, obwohl vor dir liegend, und auch Fernbedienungen, von denen ebenfalls zu viele vorhanden sind. Abwechselnd nimmst du verschiedene Gerätschaften in die Hand, völlig irritiert von der neuen Technik. Ich denke: *Und du warst mal ein großer Entwicklungsingenieur. Du hast doch sogar ein wichtiges Teil für einen Fernseher entwickelt.* Der Versuch, den Fernseher einzuschalten misslingt. Genervt entdecke ich hinter dem Fernsehschrank ein Kabelnest, versuche es zu entwirren und umzustecken und der Zufall will es, dass ich das richtige Kabel finde.

Überhaupt, dein Tagesablauf besteht aus Suchen, du wirkst fremd in deinen bescheidenen Wänden. Die Wohnungstüren sind mit vielen Klebenotizen tapeziert. Ich stelle fest, dass die meisten Infos mehrfach hängen. In diesem Papierdschungel ist der Überblick selbst für mich schwierig. Ich entferne Doppel und Dreifachinfos. Du meckerst, ich würde alles Wichtige wegwerfen, du kennst dich nach meiner "Razzia" nicht mehr aus, hältst du mir vor.

Ich überlege, wie es soweit mit einem intelligenten Menschen kommen kann. Ist es die innere Einsamkeit, die Kontaktunfähigkeit oder auch der Schmerz der dritten Scheidung, dazu noch schwere Medikamentenhämmer?

Vermutungen!

Bevor ich wieder nach Hause fahre – ich wohne 700 Kilometer entfernt – informiere ich deine Schwester.

Ich bin trotz allem froh, in dieser unwirtlichen Woche den Ernst der Erkrankung gespürt zu haben, denn bei einem kurzen Besuch können gewisse Schwächen überbrückt werden.

Ihr, du und deine Schwester, hattet in den letzten Jahren wenig Kontakt. Du hattest dich immer mehr innerlich zurückgezogen.

Sie berichtet mir, dass du bereits bei einem früheren Krankenhausaufenthalt aus der Klinik geflohen, ziellos und planlos durch die Stadt gelaufen bist, und dann von der Polizei aufgegriffen und zurückgebracht wurdest.

Aufgrund ihrer Tätigkeit in einer Psychoklinik kennt sich deine Schwester, was gewisse Tests und Untersuchungen angeht, aus. Sie reagiert auch sofort, um entsprechende, medizinische Untersuchungen einzuleiten.

Du antwortest bockig – die Notwendigkeit nicht einsehen wollend – wir würden alle übertreiben.

Tatsächlich wird die Diagnose „Demenz" gestellt.

Seltsamerweise, oder auch Gott sei Dank, fügst du dich in die begleitenden Maßnahmen, die auch bittere Einschnitte für dich bedeuten werden.

Nun kümmert sich am Morgen ein Pfleger um deine regelmäßige Medikamenteneinnahme. Der Urinteppichboden wird von deinem Sohn ausgetauscht. Eine Putzfrau hält die Wohnung in relativer Ordnung, insbesondere den gefährlichen Tatort Küche.

Ab und zu kommt deine zweite Schwester die mit dir angeblich Schach spielt, vielleicht auch im übertragenen Sinn, du jedenfalls kannst dich an Spiele auf meine Nachfrage nicht erinnern. Schach war dir ohnehin schon in gesunden Jahren zu anstrengend.

Zu deinem aktuellen Glück, kannst du der neurotischen Katze deine Zuneigung ohne Gefahr der Enttäuschungen entgegenbringen. Die Diva bekommt nun auch frisches Futter, was ja bisher selten der Fall war.

Dein PKW ist inzwischen wegen deiner Fahrunsicherheiten verkauft worden.

Das Auto war immer wichtig für dich, hier befürchte ich große Schwierigkeiten, wie du diesen Verlust der Flexibilität verkraftest. Daher meine telefonische Testfrage, wie es dir geht und was du tagsüber so tust.

Du antwortest mit einem Lächeln in der Stimme: „Ich lese die Tageszeitung" – machst du schon lange nicht mehr, weil das Abo gekündigt wurde, wir haben dir eine alte Zeitung hingelegt – und bei schönem Wetter würdest du kleine Spritztouren mit dem Auto unternehmen und bald müsstest du dich um die Inspektion kümmern, so deine Mitteilung.

Ich bin seltsam beruhigt und beunruhigt zugleich über diesen Realitätsverlust.

Wenigstens scheinst du nicht mehr allzu intensiv an der Welt mit ihren Ungerechtigkeiten zu kranken.

Taschengeld wird dir wöchentlich von deinem Sohn zugeteilt, endlich hast du keine Geldsorgen mehr, weil du nun nicht unkontrolliert zahllose elektronische Gerätschaften anschaffen kannst.

Dein Konto wächst ins Plus, ein nie dagewesener Zustand, nur traurig, dass du diese Tatsache nicht realisierst.

Auch belasten dich die politischen Geschehnisse nicht mehr, die Welt für dich ist bunt und friedlich, beinahe beneidenswert dieser, dein Zustand.

Überhaupt lächelst du alles weg, bist gelassen wie niemals zuvor.

Selbst unsere ehemalige Ehe – eher eine Wohngemeinschaft, meine Definition – findet wohlwollende Kommentare, ja zuweilen hast du vergessen, dass wir seit über 30 Jahren geschieden sind. Wir können jetzt sogar zusammen lachen über Sinn oder Unsinn.

Den unheilvollen Lottogewinn, so deine Bezeichnung für deine schmerzvolle dritte Ehe, hast du völlig gelöscht.

Konfliktthemen fallen daher weg, das dient auch der Entspannung der dich betreuenden Personen.

Eine lange Reise zu dir selbst oder fort von dir selbst, wer kann das wissen, wie auch immer.

Aus der Rastlosigkeit hinein in eine nach außen wirkende Ruhezone

Nun bist du, von uns aus betrachtet, glücklich, weil du vergessen hast, dass du unglücklich warst.

Für alle, die dich kennen und schätzen ein tröstlicher Gedanke.

Leuchtender Stern

Christa Dannenberg

Bist du geworden, der du bist?
Habe dich und mich zu oft vermisst.
Gelitten gehofft, zu viel gebangt
Tief in mir ein Saal der Leere,
Sehnsucht, an der ich mich verzehre
und doch fühl ich mich reich
bist mir manchmal gefährlich nah
leider aber für zu viele da
grosser Schmerz, gezielte Hiebe.
Trotzdem bedeutest du mein Himmelszelt
In dieser brutalen Welt
Ein kleines, kurzes Glück, das hätte ich gern
Denn du leuchtest als mein hellster Stern

Erfüllung

Christa Dannenberg

Mit Dir wird das Hässliche schön
das Undenkbare denkbar
das Unlogische logisch
das Unmögliche möglich
das Unerträgliche erträglich
aus Unsinn wird Sinn
das Schwache wird stark
aus Leere wird Fülle
Du bist Gegensatz und Grundsatz
Du verwandelst durch Dein Sein.

Ein Liter Therapie

Joachim Biedermann

Monika hasste Anastasia, obwohl sie diese nicht einmal kannte. Anastasia existierte nicht einmal wirklich, sie war nur eine Figur aus einem Arztroman, den sie gerade las. Während sie selbst von ihrem Sessel aus das Schneetreiben beobachtete, verwünschte sie den Erbauer der Klinik, der das Gebäude auf einem Hügel platziert hatte. Wieso hatte er nicht an Menschen wie sie gedacht? Die sich, bevor sie sich zu einem Spaziergang aufmachten, Gedanken über den Rückweg machten. Und die vielleicht gar nicht erst aufbrachen, wenn am Ende dieser Überlegungen und am Ende des Spaziergangs ein Berg stand, den es zu bewältigen galt. Und das konnten die Gründer der St. Lukas-Klinik doch unmöglich beabsichtigt haben. Monika hatte für diese Unstimmigkeit nur eine mögliche Erklärung: sie war ein weiteres Puzzleteil, das ihr das Leben so unerträglich wie möglich machte. Jedes einzelne Teilchen und das Gesamtbild ohnehin. Die Welt war gegen sie, so viel stand jedenfalls fest.

Ein bisschen tröstete sie sich mit dem Anblick der Schneeflocken, die vor dem Fenster wirbelten wie die schlanken Körper der Elfen in einem der Bilderbücher aus ihrer Kindheit. Sie hatten weiße Rüschenröckchen getragen, aus denen schnittlauchdünne Beinchen herausragten, auf denen sie tanzten und tanzten und tanzten.

„Frau Beisel, ich würde gerne ihre Rückmeldung zu Frau Habermanns Aussage hören." Es war die Stimme ihrer Therapeutin, die es gar nicht gerne sah, wenn eine ihrer Patientinnen während der Gruppentherapie abwesend war. Besonders in der Fokusgruppe, die sie für die wirksamste aller Therapieformen hielt.

Sie zuckte zusammen und fühlte ihre Wangen heiß werden. „Ich ...", versuchte sie eine Entschuldigung, „ich weiß nicht". Auf die Schamesröte folgte meist unweigerlich eine Panik und das Gefühl kleiner und immer kleiner zu werden.

Wieder suchte ihr Blick Halt bei den Schneeflocken, die die Büsche mit weißen Hauben überzogen und die Lampen an der Einfahrt zur Klinik langsam verschwinden ließen. Sie wünschte sich ebenso verschwinden zu können, doch das Leben hielt keine gnädigen Schneedecken für Menschen wie sie bereit. Ganz im Gegenteil: Monika stand immer im Mittelpunkt, ob sie wollte oder nicht – und fühlte sich doch ausgeschlossen.

Sie überlegte, was Anastasia in dieser Situation tun

würde und stellte sich vor, wie sie mit ihren langen dunklen Haaren und Tränen in den Augen amazonengleich aus dem Zimmer rauschte und die Gruppe in Sorge zurückließ. Sie würde zum Ausgang stürmen und dort, wo jetzt der Hausmeister den Kampf gegen die Schneemassen aufzunehmen begann, direkt in die Arme des Chefarztes laufen.

Dieser – selbst gerade Opfer einer schweren Demütigung durch seine Frau, die er abgöttisch liebte und die ihn nun mit dem stellvertretenden Klinikleiter betrog – nahm sich der bekümmerten Anastasia an und die innige Umarmung inmitten tanzender Schneekristalle war nur der Anfang einer leidenschaftlichen Romanze. Dafür hasste sie Anastasia!

Monika seufzte. In Anastasias Welt war alles so einfach, aber deren Blusen spannten auch nicht über der Hüfte wie bei ihr selbst, sondern ein ganzes Stück weiter oben.

„Frau Beisel, haben sie uns heute vielleicht ein eigenes Thema mitgebracht?" Die Stimme der Therapeutin holte sie ein weiteres Mal in den Raum zurück, doch sie war zu keiner Antwort fähig und verachtete sich selbst dafür.

Die Blicke der im Kreis sitzenden Gruppenmitglieder ruhten auf ihr und Monika konnte sich vorstellen, was sie sahen: eine hässliche, unproportionierte Frau mit einem Gesicht, das jetzt wahrscheinlich aussah wie ein rotgefärbter Hefeteig.

Die Therapeutin ließ noch nicht locker. „Sie haben beim

letzten Mal einige Andeutungen gemacht; wenn sie vielleicht daran anknüpfen würden."

„Ich ... nun, ich glaube ... es ist nicht so wichtig."

Die fünf weiteren Mitglieder der Therapiegruppe begannen in ihren Sesseln nach anderen Sitzpositionen zu suchen und Monika wünschte, sie hätte das ebenfalls gekonnt. Doch ihre Körperfülle ließ nur eine einzige Haltung zu: gerade sitzend, nach vorn gerichtet. Kein Schneidersitz wie bei Ronja, der gertenschlanken Berlinerin, die ihr gegenüber saß.

Sie versuchte die aufsteigende Nervosität niederzukämpfen. Wenn sie jetzt die Nerven verlor, würde sie anfangen zu schwitzen und mit ihrem Körpergeruch würden unweigerlich die Tränen kommen. Sie zerrte mit ihren Fingern an der Haut zwischen Daumen und Zeigefinger, das half ein bisschen.

Was nun folgte war ein Ritual, das sie in den vergangenen Wochen schon häufiger erlebt hatte: Jeanette, die Powerfrau zu ihrer Linken, mischte sich ein und gab vor ihr zu helfen, indem sie ihr die Hand auf den Unterarm legte und sie mitleidig anblickte. Daraufhin schob sie ihr eigenes Problem in den Vordergrund, das in irgendeinem Satz bestand, den eine Kollegin vor drei Jahren geäußert hatte und der ihren Arbeitsstil betraf. Anschließend diskutierte die Gruppe fast eine Stunde lang darüber, ob Jeanette angemessen reagiert hatte. Monika verstand nicht, weshalb Jeanette überhaupt hier war. Sie war verheiratet, verdiente haufenweise Geld und konnte sich Dinge leisten, von denen sie selbst nie zu träumen gewagt hätte.

Die anderen spielten sich die Bälle zu, wie ein Team von Profifußballern, nur an ihr selbst lief das Spiel vorbei. Doch war das eine Überraschung? Sie war jetzt 28 Jahre alt und ihr ganzes bisheriges Leben war nach diesem Muster verlaufen. Aber dieser Klinikaufenthalt war doch als Wendepunkt gedacht. In ihrem Kopf drehten sich die Erkenntnis ihres Versagens und das Gefühl der Hilflosigkeit ineinander, wie die Stränge eines Seils.

Die Schneeflocken, die unablässig herabrieselten, setzten ihre Hypnose fort und beendeten diese erst, als die Therapeutin die Sitzung schloss und sich bei allen bedankte. „Wie Sie wissen, sind Frau Beisel und Herr Ludwigs heute zum letzten Mal bei uns und werden nächste Woche bereits in der Abschiedsgruppe sein." Sie nickte reihum mit unerschütterlicher Freundlichkeit, während Monika nach Atem rang. Diese abschließenden Worte fühlten sich an wie die Unterschrift unter das Dokument ihres Scheiterns.

Sie floh in ihr Zimmer. Das Buch, in dem Anastasias Welt beschrieben war, hüpfte ein Stück, als sie sich auf das Bett legte und rutschte dann auf Monika zu. Sie nahm es und blätterte die Seiten um, ohne darin zu lesen. Was würden ihre Kolleginnen im Supermarkt bei ihrer Rückkehr sagen, was ihre Mutter?

Sie malte sich aus, wie ihre Mutter sie bei der Ankunft von der Seite ansehen würde, den Kopf ein Stück zurückgenommen. Sie würde eine ihrer bohrenden Fragen stellen, etwas in der Art wie „Und, hat es wenigstens was gebracht?" Ohne eine Antwort abzuwarten würde sie ihr Aufgaben im Haushalt zuweisen und spitz bemerken, dass sie ja nun selbst mit Faulenzen an der Reihe sei.

Sie würde aus der Klinik kommen wie sie fortgegangen war. Unverändert. Unverbessert. Das Leben würde weitergehen und was hatte sie noch zu erwarten? Bestimmt keinen Gott in Weiß wie Anastasia. Eher einsame Fernsehabende und Tabletten gegen Migräne. Sie glaubte, die Last all dessen auf sich spüren zu können, wie nassen Schnee, dabei sehnte sie sich nach Leichtigkeit, dem Gefühl zu fliegen, wie die Flocken vor ihrem Fenster, die aus einer weißen Unendlichkeit zu kommen schienen.

Das Mittagessen folgte - wie so vieles in der Klinik – einem festen Ritual: möglichst früh anstellen, die besten Speisen vom Büffet ergattern, ohne gierig zu wirken und einen guten Platz besetzen. Wenigstens hier hatte sie Glück, denn am Erkertisch war noch ein Stuhl frei. Im Erker konnte man im Kreis sitzen anstatt an einer der endlosen Tischreihen im Speisesaal und während des Essens den Ausblick über das Tal genießen.

Das Wort in der kleinen Runde führten Jan und Alfons,

die auf Monika nicht wie Patienten wirkten, sondern wie Clowns im Ferienlager. Die beiden hatten gleich zu Beginn ihres Aufenthaltes für einen Skandal gesorgt, als sie nur mit Handtüchern bekleidet in der Station der Angstpatientinnen Werbung für den Besuch der Sauna gemacht hatten. Die ihnen auferlegte öffentliche Entschuldigung hatten sie – für Monika unbegreiflich - auf humorvolle Art absolviert. Auch heute waren sie wieder in Bestform: sie aßen und plapperten vor sich hin, brachten den Tisch mit Wortspielen und Karikaturen des Klinikalltags zum Lachen. Normalerweise kroch in ihr der Neid empor angesichts dieser Unbekümmertheit, doch eins musste man den beiden lassen: ihre Gegenwart verbesserte die Stimmung und was konnte sie heute dringender gebrauchen?

Nach dem Dessert schlug Alfons scherzhaft ein Verdauungsbier vor und Jan lieferte gleich den Plan, wie das Alkoholverbot umgangen werden könnte: an der Pforte zum Spaziergang abmelden, zügig den Berg hinunter und durchs Dorf bis zur Tankstelle an der Ortsausfahrt laufen. Dort könnte man sich unbemerkt ein Bier genehmigen um dann rechtzeitig zur Vollversammlung wieder zurück in der Klinik zu sein. Unter dem Gelächter der Gruppe nahmen Jan und Alfons ihre Tabletts und blickten herausfordernd in die Runde.

„Na, wer ist dabei?" Alfons kostete den Triumph des gelungenen Scherzes bis zum Letzten aus.

„Ich komme mit." Ungläubige Blicke trafen Monika von allen Seiten. Es hatte inzwischen aufgehört zu schneien. Ein Bussard verließ seinen Platz auf einem dürren Baum und schwang sich in die Winterluft. Ein, zwei Flügelschläge und er schien schwerelos.

„Ja, und in der Vollversammlung singen wir dann ‚Eisgekühlter Bommerlunder', okay?" Jans Lachen klang nicht ganz so sorglos wie gewohnt.

„Ich habe das ernst gemeint."

Jan und Alfons tauschten unsichere Blicke, während die Tuscheleien am Erkertisch verstummten. Es geschah nicht oft, dass jemand zu ihnen auf die Bühne trat, die sie als die ihre betrachteten.

Monika bemühte sich die beiden fest anzusehen und hielt ihre zitternden Hände unter dem Tisch. Sie verachtete sich noch mehr als sonst, denn nun hatte sie anscheinend völlig den Verstand verloren.

Einige Minuten später stand sie vor dem Haupteingang. Die Enge in ihrer hellblauen Daunenjacke erzählte davon, wie sich ihr Gewicht verändert hatte, seit sie die Jacke vor einem Jahr gekauft hatte. Sie tastete nach dem Roman in ihrer Tasche. Anastasias Beistand verlieh ihr die Kraft, nicht wieder zurückzugehen und sich im Zimmer zu verkriechen.

Jan und Alfons stapften los und Monika bemühte sich ihnen zu folgen. Zum Glück verlief der Weg anfangs mit wenig Gefälle, an den steilen Teil des Abstiegs oder an den Rückweg mochte sie gar nicht denken. Je näher sie der Tankstelle kamen, desto größer wurden ihre Befürchtungen. Würde sie zum Opfer eines weiteren Streiches der beiden werden? Was, wenn sie erwischt wurden? Würde man sie der Klinik verweisen?

Dann kam der Moment der Wahrheit: ein knorriger Tankwart, dessen Adamsapfel beim Sprechen beinahe aus dem Hemdkragen hüpfte, begrüßte sie freundlich. Die beiden Clowns waren plötzlich sehr still.

Monika tastete nach Anastasia, griff dann ins Kühlregal und holte drei Flaschen Bier heraus. Der Tankwart zog die Brauen hoch, blickte sie fragend an und verwies auf zwei Sorten alkoholfreien Bieres in seinem Sortiment. Offensichtlich konnte er sich denken, woher sie kamen und wusste um die in der Klinik geltenden Regeln. Monika hielt den Blick gesenkt und schüttelte den Kopf.

Wenig später standen sie unter dem Vordach der Tankstelle, blinzelten in die Wintersonne und prosteten einander zu. Alfons vergewisserte sich, dass Monika auch wirklich trank, bevor er selbst ansetzte. Ein Stück ihrer Albernheit hatten die beiden anscheinend auf dem Weg verloren, denn sie sprachen in ernsterem Ton als sonst.

„Ich hätte nicht gedacht, dass wir das hier zusammen durchziehen."

Monika nickte. Sie glaubte, einen Funken Anerkennung aus Jans Stimme herauszuhören. Das Bier schmeckte

himmlisch und die Gedanken an Kalorien und Klinikre-
geln wischte sie zur Seite. Sie spürte, wie das Getränk
seine perlenden Fühler in jede Kapillare ihres Körpers
ausstreckte. Die aufwallende Hitze, vor der sie sich sonst
fürchtete, wich innerhalb kürzester Zeit einem Zustand,
für den Monika zunächst keinen passenden Ausdruck
fand. Sie lachte als sie begriff, dass sie sich *leicht* fühlte.
Sie konnte sich nicht erinnern, wann sie zuletzt solche
Leichtigkeit gespürt hatte.

Jan betrachtete die Winterwelt durch das braune Glas
seiner Flasche. „Ich fühle mich als bräuchte ich gar keine
Klinik mehr."

„Vielleicht dürfen wir deshalb nichts trinken", gab Alfons zurück.

Nun lachten sie alle drei.

Monikas Flasche war zuerst leer. Ohne die beiden anderen zu fragen, kaufte sie noch eine Runde. Sie wusste
jetzt wie Anastasia sich fühlen musste: neugierig, aben-
teuerlustig – und frei. Sie glaubte losfliegen zu können
und ein Teil von ihr tat das auch. Sie sah sich selbst von
oben, eine vermummte Gestalt, die mit zwei Männern
Bier trank, was unglaublich war. Was für ein Glück, dass
ihre Mutter in diesem Moment nicht zusah. Von oben
betrachtet erkannte sie mit einem Mal die Fesseln, die sie
gefangen hielten. Die auch die Wut unterdrückten, die in
ihrem Inneren wohnte. Sie löste die Fesseln und befreite
die Wut. Jan und Alfons zuckten zusammen, als Monika

plötzlich zu schreien begann.

Sie brüllte ihren ganzen Ärger heraus, drosch mit Worten auf ihre Mutter ein, um deren Aufmerksamkeit sie ihr ganzes Leben lang gekämpft hatte. Deren ganze Fürsorge immer nur ihrem Bruder gegolten hatte. Was konnte sie dafür, dass sie nicht ebenfalls behindert war? Und war sie inzwischen nicht weit genug, dass ihr Übergewicht als Behinderung akzeptiert wurde? Wofür hatte sie all die Demütigungen auf sich genommen? Ihre Schreie hallten über die verschneite Landschaft und die Tränen liefen ihr übers Gesicht. Hinter der Scheibe kratzte sich der Tankwart am Hemdkragen.

Sie kam wieder zu sich, trank den letzten Schluck ihres zweiten Bieres und blickte zu den beiden Männern. Gleich würde der Spott einsetzen, doch das war ihr nun auch egal. Aber Jan sagte nur: „Wow!" und Alfons meinte, dass er gerade zum ersten Mal, seit er in der Klinik war, das Problem eines anderen Menschen wirklich begriffen habe.

Sie gaben die leeren Flaschen beim Tankwart ab, der ihnen jetzt verschwörerisch zublinzelte und machten sich auf den Rückweg. Als der Anstieg zur Anhöhe begann, auf dem die Klinik thronte, war Monika bereits außer Atem. Nun würde sich alles rächen. Doch ihre Begleiter hakten sich links und rechts bei ihr ein und gemeinsam kämpften sie sich aufwärts. Die beiden machten Witze über einen Film, in dem ein Mann namens Rainer oder so ähnlich über ein Kuckucksnest geflogen war, und Monika lachte mit, obwohl sie den Film gar nicht kannte. Es spielte keine Rolle, denn jetzt gehörte sie dazu.

Bevor sie die Rezeption erreichten, legte Alfons ihr seinen Arm um die Schulter und gab ihr einen Kuss auf die Wange.

Monika wusste, dass es nichts zu bedeuten hatte und fühlte sich doch einen Moment lang wie Anastasia sich in den Armen des Chefarztes fühlen musste. Sie streichelte das Buch in ihrer Tasche.

Sie selbst brauchte keinen Chefarzt und sie würde auch die nächste Therapiestunde nicht brauchen.

Tausend Millionen Nachtigall

Joachim Biedermann

„Schau mal Papa, ein Eydeet. Der hat sieben Gehirne!"

Obwohl die Worte nicht an mich gerichtet sind, trifft mich die Kinderstimme aus der hinteren Ecke der Buchhandlung wie der Pfeil eines im Dickicht verborgenen Pygmäen. Durchbohrt die dünne Haut der Gegenwart und arbeitet sich in meinem Verstand bis zu entfernten Erinnerungen zurück. Krampfhaft versuche ich mich auf das Buch in meinen Händen zu konzentrieren und lese weiter, ohne ein einziges Wort davon aufzunehmen.

„Papa, wo ist eigentlich das siebte Gehirn?"

Der sichtlich überraschte Vater ringt um passende Worte, so wie ich mich selbst Jahre zuvor mit wenig Erfolg an einer Antwort auf diese Frage abgemüht hatte. Schließlich klappe ich den Roman zu, dessen Welt ich ohnehin nur lustlos gestreift habe. Er wandert zurück ins Regal zwischen die anderen mit einem Mal unbedeutenden Bücher.

Soweit ich weiß, ist der Sitz des siebten Gehirns bis heute ein Mysterium geblieben.

Es war eines der Alltagsrituale, auf dessen strikte Einhaltung die Kinder mit kindlicher Strenge bestanden hatten: die Minuten zwischen abendlichem Zähneputzen und dem unausweichlichen Bettgang, in denen sich drei Gestalten im Schlafanzug auf dem Sofa zusammendrängten, inmitten eines kleinen Gebirges aus bunten Kissen, Stofftieren und einer Veloursdecke. Der ebenfalls ritualisierte Streit, wer an diesem Abend an der Reihe war, das Buch zu holen, und wer auf Papas Schoß sitzen durfte. Sobald diese Dinge geklärt waren, lagen die kostbaren letzten Minuten des Tages vor uns und buchstäblich in meinen Händen, denn das Ritual schrieb vor, genau ein Kapitel *Käptn Blaubär* vorzulesen, ehe im Kinderzimmer unwiderruflich Dunkelheit einkehren würde.

Der Junge, der eben nach dem Eydeeten gefragt hat, plappert unentwegt während sein Vater sich mit widerspenstigen Reißverschlüssen abmüht und ihm eine Mütze aufsetzt, die ihn wie ein Tier aus einer arktischen Klimazone aussehen lässt. Das Reden hört auch nicht auf, als die beiden Hand in Hand zum Ausgang gehen. Nach Hause. Wo vermutlich das Abendessen wartet, vielleicht sogar ein gemütliches Sofa.

Kinderstimmen dringen an mein Ohr, wie aus unendlich großer Entfernung – „Fang' endlich an, Papa!" - so real, dass ich wieder zurück zur Kinderecke blicke, die nun leer ist. Die bunten Zwergensessel stehen kreuz und quer verteilt wie aus dem Würfelbecher eines Riesen gerollt. Auf dem Spielteppich liegt das Buch, dessen Existenz ich bis vor wenigen Minuten am liebsten verleugnet hätte, weggesperrt in den entlegensten Gebirgsstollen meines persönlichen Finstergebirges.

Auch dieser Begriff, der wohl am ehesten mit Unauffindbarkeit zu übersetzen ist, stammt aus dem Buch, das jetzt wie ein flügellahmer Vogel aussieht, aufgeklappt, mit dem Rücken nach oben („ihr wisst doch, dass das den Büchern wehtut"). Soll doch jemand anders hier aufräumen – wieso bin ich nicht gleich nach Hause gegangen?

In wenigen Minuten wird eine moosweiche Stimme aus unsichtbaren Lautsprechern die bevorstehende Ladenschließung verkünden. Die Zielgruppe der Abteilung Kinderliteratur 3–6 Jahre wird das ‚Sehr verehrte Kunden ...' nicht mehr hören, ist sie doch längst auf dem Heimweg. So wie der Junge mit seinem Vater, und genau wie auch meine eigenen Kinder vor vielen Jahren.

‚Die 13 ½ Leben des Käptn Blaubär' steht auf dem Buch, das ich nie wieder in meinem Leben aufschlagen wollte, und nach dem ich mich nun dennoch bücke. Mir ist, als beobachtete ich mich selbst dabei, wie ich den

Schlussstein aus dem Gewölbe ziehe, das mich die letzten Jahre über schützte. Die Zeichnung auf dem Einband stellt wohl die Barten eines riesigen Walfischs mit dem daraus hervorlugenden Blaubären dar, nun sehe ich darin einen Theatervorhang, der mir in diesem Moment wie eine höhnische Parallele zu meiner eigenen Wirklichkeit erscheint: Ein Akt ist zu Ende gespielt und vorbei - ein Blaubärleben endet, das nächste beginnt.

Wie an einem Novembertag nicht anders zu erwarten bricht die Dämmerung früh herein, erreicht aber allerhöchstens Nullkommaeins *Nachtigall* als ich das Buch aufhebe.

Nachtigall bezeichnet die Maßeinheit für Dunkelheit, eine von vielen Skurrilitäten in dem Buch, das ich nun öffne. Meine Augen leugnen das Zittern der Finger beim Umblättern, während Scharen seltsamer Gestalten an mir vorbeiziehen. Seite um Seite und Zeichnung für Zeichnung arbeite ich mich vorwärts bis zu der Abbildung eines Höhleneingangs, der das Tor zu Prof. Nachtigallers *Nachtschule* darstellt. Die Vergangenheit echot mir Kinderstimmen zu und atme ich nicht sogar den Geruch von Kinderhaaren ein? Prof. Dr. Abdul Nachtigaller, so lautete der Name des Eydeeten mit den sieben Gehirnen, der sein Leben der Dunkelheitsforschung verschrieb und *Nachtigall* ist die von ihm erfundene Einheit, mit der sich der Grad der Finsternis bemisst. So oder so ähnlich stand es im *'Lexikon der erklärungsbedürftigen Wunder, Da-*

seinsformen und Phänomene Zamoniens und Umge-bung', aus dem im Blaubär-Buch immer wieder zitiert wird.

„Wo befindet sich wohl das siebte Gehirn?" war eine der häufigsten Fragen, um mich nach dem Ende der Vor-lesezeit noch in ein Gespräch zu verwickeln, „Papa, wie finster wird es heute Nacht?" die andere, beim Blick in den Abendhimmel, gefolgt von einem absurden Wett-streit um die höchste Zahl: Hundert *Nachtigall*. Tausend, nein Hunderttausend. Tausend Millionen *Nachtigall* und so weiter. Irgendwann verebbten die Fragen in der Dun-kelheit und die Stimmen verwandelten sich in halbschla-fendes Murmeln.

„Schafft es der Blaubär aus dem Labyrinth?"

„Bestimmt. Der ist doch so ein Schlaubär. Nun schlaft gut."

„Gute Nacht, Papa."

Vor dem Kinderzimmerfenster war nur der Lichtschein der nächsten Straßenlaterne zu erahnen. Diese Art von Dunkelheit konnte Prof. Dr. Nachtigaller nicht gemeint haben, denn sie fühlte sich warm und geheimnisvoll an und – hell.

Die erste Durchsage der Moosstimme fordert zum Ver-lassen der Buchhandlung auf, während ich hektisch im-mer weiter blättere. Der *Nachtigallerator*, eine der zahlreichen Erfindungen des verrückten Professors, war in der Lage, Millionen Jahre alte Dunkelheit an einen beliebigen anderen Ort zu teleportieren, um dort perfekte Finsternis zu erzeugen. Und war nicht genau das mit meinem Leben passiert?

Mir hatte der *Nachtigallerator* einen Umzugswagen geschickt und meine Kinder an einen Ort teleportiert, dessen Postleitzahl sich mein – einziges - Gehirn nicht merken will. Die Finsternis hatte sich dann von alleine eingestellt, Millionen und Abermillionen *Nachtigall*.

Die Durchsagen werden deutlicher und die noch in der Buchhandlung verbliebenen Menschen bewegen sich zur Kasse oder Richtung Ausgang, nur ich bin noch nicht bereit zu gehen.

„Papa, glaubst du der Blaubär schafft es aus dem Labyrinth?"

„Ja, er wird es schaffen."

Da ich nicht weiß, in welchem Regal das Buch stand, widerstehe ich dem Drang es aufzuräumen. Stattdessen nehme ich es mit zur Kasse. Draußen erwacht die Straßenbeleuchtung – Zeit zum Zähneputzen ...

Wer weiß, vielleicht rufe ich später noch die Kinder an oder setze mich aufs Sofa und mache mir Gedanken über den Ort, an dem sich das siebte Gehirn befinden könnte.

CHIP

Joachim Biedermann

Das gedimmte Licht und die Stille des Laborraums versetzten ihn in einen angenehmen Dämmerzustand. Er schloss die Augen und hoffte, die Alpträume würden nicht zurückkehren.

Bald fand er sich von einer sommerlichen Wiese umgeben, spürte den Duft der Gräser in der Nase und glaubte das Summen von Insekten zu hören. Er versteckte sich gern im hohen Gras hinter dem elterlichen Anwesen. Er genoss es, nicht zu antworten, wenn seine Mutter nach ihm rief, und sich vor ihren Blicken tiefer ins Gras zu ducken, wenn sie auf der Suche nach ihm das Haus verließ. Und vor allem liebte er es, nicht von ihr gefunden zu werden.

„Georg."

„Georg, Essen ist fertig! Wo steckst du denn?"

Die wachsende Spannung und die Freude über den gelungenen Streich spürte er als angenehmes Kribbeln im

Nacken. So als ob ihn Grashalme an seinem blonden Haaransatz berührten.

„Georg..." Die mütterliche Stimme verlor sich in der Entfernung einer längst vergangenen Jugend.

Jetzt, fast vierzig Jahre später, lag er auf einer Krankenliege in Erics Labor um seine Alpträume loszuwerden.

Eric würde in wenigen Minuten zurück sein, da er noch einige Gerätschaften aus dem Lager brauchte. Vielleicht sei das Problem ja ohne Eingriff lösbar, hatte er gesagt und er selbst könne sowieso nicht mit dem Skalpell umgehen.

Sie hatten sich vor einigen Tagen am alten Spielplatz im Stadtpark kennengelernt, dem Treffpunkt der ‚Libelle‘, einer lokalen Oppositionellengruppe und er hatte den etwas verschrobenen Typen mit der hohen Stirn auf Anhieb gemocht.

Doch wer war dieser Mensch wirklich? Georgs Verstand behandelte diese Frage wie einen verrosteten Blindgänger. Was, wenn Eric heimlich immer noch für *ImpleMind* arbeitete? Er war dort an der Entwicklung des CHIP beteiligt gewesen, soviel wusste er. Keine Ahnung warum und wie es ihm gelungen war auszusteigen.

Bevor Georgs Gehirn den Gedanken zu Ende führen konnte, ließ ihn ein Geräusch aus dem abgedunkelten hinteren Teil des Raumes hochschrecken. Sofort sah er die Spinnen vor sich. Er wusste, dass sie unmöglich hier im Labor sein konnten, trotzdem packte ihn die Angst wie eine erbarmungslose Klaue im Genick. Sie tauchten immer zu dritt auf, annähernd menschengroß, ein Anführer, gefolgt von zwei weiteren Tieren. Nacht für Nacht, seit der Operation. Und mit jeder weiteren Nacht wurden sie aufdringlicher, kamen näher und machten Anstalten ihn einzukreisen. Eric würde sich doch keinen Scherz mit ihm erlauben, oder? War es ein Fehler gewesen ihm von den Alpträumen zu erzählen?

Wenige Sekunden später öffnete Eric die Tür und die Beleuchtung schaltete wieder auf volle Helligkeit. Der Raum war nüchtern und leer abgesehen von der Liege, auf der er sich befand, einem Schreibtisch mit aufgeklapptem Laptop und diversen elektronischen Gerätschaften, deren Funktion Georg nicht einmal raten konnte. Eric brachte einen Gegenstand mit, der aussah wie das Griffstück ei-ner elektrischen Zahnbürste.

Unwillkürlich wich Georg an den Rand der Liege zurück. War er in eine Falle geraten und bekäme nun einen neuen CHIP verpasst? Er spürte die Feuchtigkeit in seinen Handflächen, als er die Fäuste ballte. Sofort fiel ihm das Spinnentrio wieder ein, das versuchte, ihn in die Reichweite seiner Mundwerkzeuge zu treiben - vielleicht war ein Tausch CHIP gegen Alpträume gar nicht der schlechteste Handel? Er hatte den Gedanken noch nicht zu Ende gedacht, schon hasste er sich dafür, dass sein Verstand Verhandlungen mit *ImpleMind* in Erwägung zog. Wie ein um Futter winselnder Hund. Und wer garantierte ihm, dass ein etwaiger neuer CHIP ihn von den Alpträumen befreien würde?

Das Problem war doch, dass jeder das verdammte Ding in sich trug, aber niemand darüber redete. So blieb als einzige Informationsquelle ein endloser Schwall aus Propaganda, den Regierung und *ImpleMind* auf die Verbraucher herabregnen ließ: CHIP – *Cerebral Highspeed Inter-net Port* nannte sich die Verheißung eines digitalen Para-dieses und die Massen hatten sie so gierig aufgesogen, dass der Siegeszug des neuen Mediums weitaus schneller vorangeschritten war, als selbst die kühnsten Visionäre prophezeit hatten. Die gesamte Masse menschlicher Intelligenz zu einem einzigen neuronalen Netzwerk vereint und die Medien bejubelten die ‚Globalisierung der Gehirne'.

Eric verband das mitgebrachte Gerät mit seinem Laptop und wartete den Ladevorgang irgendeiner Software ab. An der Pinnwand hinter ihm hing ein Fossil aus der Zeit der Printmedien, die Titelseite eines TIME Magazines aus den späten 2020er Jahren, das die Entwicklung synthetischer Synapsen als *die* Entdeckung des Jahrzehnts feierte. Durch diesen Quantensprung der Neuronalforschung war die CHIP-Vorläufertechnologie CBI, das sogenannte *Computer Brain Interface*, über Nacht zum alten Hut geworden. Hatte CBI noch das Ziel verfolgt, Befehle aus dem Gehirn direkt an digitale Geräte zu übermitteln, vollzog der Datenstrom bei CHIP eine 180 Grad-Wendung: Botschaften aus dem Internet konnten ohne Umwege über sogenannte Endgeräte wie Smartphones, die eine ganze Generation beherrscht hatten, mitten in die Köpfe der User eingespeist werden. Ein CHIP-Nutzer in Grönland konnte somit ohne Sprachbarrieren mit einem User in Südafrika korrespondieren.

ImpleMind Corporation, das Ergebnis der Fusion einiger der bis dahin größten Softwarefirmen und Medizintechnikkonzerne, begann mit dem Implantieren der ersten CHIP-Generation sofort nachdem die Gesetzgeber die rechtlichen Rahmenbedingungen geschaffen hatten. Anfangs freiwillig, später als verpflichtende Standardtechnologie. Die Einschränkungen, die das ‚Gesetz zur Regulierung cerebraler Implantate' den Herstellern auferlegte waren lächerlich gering: außer den Vorgaben zur Altersbeschränkung der via CHIP zugänglichen Inhalte und dem Gebot der Eingrenzung auf bestimmte Areale der Großhirnrinde war so gut wie alles erlaubt. Kritiker, die den Menschen zum digitalen Endgerät degradiert sahen und Gehirne zu einer bloßen Mischung aus Datenspeicher und Prozessor, fanden wenig Gehör, da die CHIP-Welt sich schnell zur alleinigen Kommunikations-plattform entwickelt hatte. Es gab nur zwei Möglichkeiten einer Implantierung zu entgehen: entweder die Flucht in den Untergrund oder das Vorliegen einer psychischen Erkrankung. Dadurch entstand eine Subkultur aus echten oder scheinbaren Geistesgestörten, die – in lokalen Zellen organisiert – Widerstand leisteten.

Das Gerät, das Eric inzwischen installiert hatte, erwies sich als eine Art Scanner. Er zeichnete damit die Kontur von Georgs Nacken und Hinterkopf nach, den Blick konzentriert auf seinen Bildschirm gerichtet, der für den auf der Seite liegenden Georg nicht einsehbar war.

Eric betätigte einige Tasten, betrachtete den Monitor, machte weitere Eingaben auf der Tastatur und erwartete das Ergebnis mit skeptischer Miene. Er rieb sich die hohe Stirn, die zwischen den angegrauten Augenbrauen und seinen Geheimratsecken ausreichend Platz für Stirnfalten bot. Dieser wurde zunehmend genutzt, je länger das Studium der gelieferten Daten dauerte. Murmelnd kommentierte er das Gesehene.

„Das gibt es doch nicht."

Georg drehte sich wieder auf den Rücken und stützte sich auf seine Ellbogen, das Gesicht dem Wissenschaftler zugewandt. Der machte eine abwehrende Handbewegung, so als wünsche er keine Unterbrechung eines für ihn wichtigen Vorgangs.

„Was ...?"

„Einen Augenblick noch."

Schließlich drehte er den Bildschirm ein wenig, sodass Georg ihn ebenfalls sehen konnte.

„Da. Hier ist es."

Selbst Georg, der über keinerlei Erfahrung im Softwarebereich verfügte, erkannte die Auflistung, die er vor sich sah als sein eigenes CHIP-Stammdatenblatt. Es bestand aus einem Kopfteil, der den Datensatz eindeutig zuordnete:

Client Name: Georg Sternkopf

ID: D: H:2001:0db8::08d3:8a2e:0070:6810

Region: Eur-C

Darunter las er eine Charakterstudie seiner selbst, zusammengefasst in knappen technisch klingenden Begriffen. Es war kein Geheimnis, dass persönliche Daten wie Name, Geburtsdatum, Alter, Geschlecht, Wohnort usw. bereits in die CBI-links einprogrammiert worden waren. Man hatte dies mit organisatorischen und datenbanktechnischen Erfordernissen begründet.

Weiter unten jedoch folgten Informationen zu seiner politischen Gesinnung, seinen sexuellen Vorlieben sowie seinen Abneigungen und Ängsten. Er glaubte seinen Augen nicht zu trauen.

‚Trigger targets: Arachnophobia / Iatrophobia' vermeldete das Datenblatt lapidar. Woher wussten sie von seiner Angst vor Spinnen? Und was bedeutete ‚*Iatrophobia*'?

Eric erklärte ihm mit der Geduld eines Sonderschulpä-
dagogen, dass damit seine Angst vor Ärzten, Kliniken und
medizinischen Eingriffen aller Art gemeint sei.

„Woher haben sie diese Informationen?"

Sein Gegenüber hatte die Augen geschlossen und
schien nachzudenken.

„Und was sagt das hier aus?"

Er zeigte mit dem Finger auf eine Zeile, die lediglich
aus dem Begriff ‚Relevance: 0.25' bestand.

Eric öffnete die Augen und antwortete mechanisch, beinahe abwesend, so als hätte er den Text auswendig gelernt. „Die Regierung betrieb schon bei der Festlegung
der CBI-Stammdaten eine Klassifizierung der Menschen
für etwaige Katastrophenfälle. Auf einer Skala von 0.0 bis
1.0 wurde die Bedeutung jedes Individuums für den Staat
festgelegt. Diese Einteilung entscheidet in Krisenfällen
über die Verteilung von Medikamenten, den Zugang zu
Schutzräumen etc.

1.0 für Regierungsangehörige, Konzernspitzen und mi-
litärische Führungspersonen. 0.75 bis 0.95 für systemre-
levante Wissenschaftler und Funktionsträger in der Infra-
struktur. 0.5 bis 0.75..."

„Schon gut. Was bedeutet 0.25?"

„0.25 umfasst Menschen mit Tätigkeiten geringer Sy-
stemrelevanz. Angehörige sogenannter verzichtbarer Be-
rufsgruppen oder Menschen, deren Erwerbsfähigkeit in-

folge von Krankheiten oder genetischen Faktoren als gemindert angesehen wird."

„Das heißt?"

„Es bedeutet … ." Eric, der parallel zu seiner wissenschaftlichen Litanei die Tastatur bearbeitet hatte, setzte seine Aufzählung nach einem kurzen Stocken fort. „Es bedeutet so viel wie kein Zugang zu Schutzräumen und humanitäre Hilfe nur dann, nachdem Angehörige aller höheren Gruppen sicher versorgt werden konnten."

Die letzten Sätze hatte er beinahe geflüstert. Er nahm die Hände von der Tastatur und senkte den Blick, nur das Summen des Rechners verhinderte eine vollkommene Stille.

Georg versuchte sich vorzustellen, welche Optionen für Individuen mit Werten unter 0.25 vorgesehen waren, wischte den Gedanken jedoch schnell beiseite. Erstaunlicherweise war es Eric, der die peinliche Pause beendete.

„Eine andere Tatsache macht mir viel mehr Sorgen. Dein CHIP wurde doch entfernt, sagtest du?"

Georg, der sich jetzt auf den Rand der Liege gesetzt hatte, nickte schwach. „Vor etwas mehr als zwei Monaten."

Er hatte all seine Ersparnisse darauf verwendet, ganz im Stil eines siegessicheren Pokerspielers: *All in* – seine ma-terielle Existenz im Austausch für die Freiheit seines Gei-stes. Als ‚Implantatrevision' war ihm der Eingriff verkauft worden (sehr teuer verkauft worden!) und nach dem Erwachen aus der Narkose war ihm nicht viel mehr geblieben als eine kurze schriftliche Anleitung zur Behandlung der Operationsnarbe, die er hinter seinem linken Ohr ertasten konnte und die kaum größer als ein Fingernagel war. Keine Namen, keine Fragen, kein Kontakt – so hatte die Vereinbarung gelautet.

Anfangs fühlte es sich großartig an wieder Herr im eigenen Kopf zu sein. Wären da nicht die Alpträume gewesen. Früher hatten ihn die Riesenspinnen nur gelegentlich im Schlaf besucht und er hatte sie in seinen Träumen aus einiger Entfernung wahrgenommen. Seit dem Eingriff besuchten sie ihn jede Nacht, unvorstellbar beängstigend und als wären Riesenspinnen nicht schon genug, spielten sich manche seiner Träume seit einigen Tagen im Operationssaal ab. Falls ein unsichtbarer Folterknecht vorhatte, ihn in den Wahnsinn zu treiben, war er seinem Ziel inzwischen sehr nahe. Natürlich hatte man ihm prophezeit, dass kein Verstand der Welt eine CHIP-Entfernung unbeschadet wegstecken würde. Aber es fiel ihm von Tag zu Tag schwerer, in den Alpträumen nichts weiter als Nebenwirkungen des Eingriffs zu sehen.

„Wenn dein CHIP entfernt wurde, warum kann ich dann immer noch deine Daten scannen?"

Die beiden blickten sich an wie zwei gestrandete Zeitreisende. Georg glaubte Verzweiflung in Erics Mimik zu lesen und die hektische Art, mit der dieser nun den Rechner bearbeitete, bestärkte seine Vermutung.

„Was hast du vor?"

„Das Logfile! Wenn deine Stammdaten noch sichtbar sind, müsste die Logdatei auch noch zu sehen sein."

Er sprach jetzt mehr mit seinem Bildschirm als mit Georg. Immer wieder versetzte er der Tastatur ein Stakkato, unterbrochen von Haareraufen und nervösen ins Leere gerichteten Blicken. Schließlich stieß er sich vom Schreibtisch ab und wies mit einer müden Geste auf den Monitor.

Georg, den es nicht länger auf der Liege hielt, stand jetzt hinter Eric und betrachtete über dessen ungeordnete Haare hinweg die Zeichenkolonnen auf dem Bildschirm.

Logfile

Client-ID: H:2001:0db8::08d3:8a2e:0070:6810

20.02.2032: Implantation CBI 1.1 >>Beginn der Aufzeichnung //

05.11.2035: Austausch Systemkomp. >>Programmstart CHIP 2.3 //

26.03.2036: Kontakt lok. Resist. ‚Libelle' //

17.04.2036: Insubordination >>Installation Trigger Arachnophobia //

12.09.2036: Abbruch der Aufzeichnung >> Aktivierung DBU

„Aktivierung DBU – was bedeutet das?" Georg versuchte vergeblich das Zittern seiner Stimme zu verbergen. Er stand jetzt direkt neben Eric, der den Blickkontakt zunächst vermied.

„DBU steht für ‚Deep Brain Unit'. Als ich bei *Imple-Mind* ausgestiegen bin, befand sich das Projekt noch in der Planungsphase. Sie hatten vor mit Implantaten in der Amygdala von Rhesusaffen zu experimentieren".

Er beantwortete die Frage noch bevor Georg sie aussprechen konnte, ganz so, als seien sie immer noch via CHIP vernetzt.

„Amygdala bezeichnet eine Gehirnstruktur, die den Schläfenlappen des Großhirns anhängt und wichtige Funktionen bei der Bildung von Emotionen ausübt. Ängste entstehen dort und ..." Obwohl er den Satz mit gesenkter Stimme zu Ende sprach, hörte Georg immer noch mehr als genug: „... als die Zahl der CHIP-Verweigerer zunahm, planten sie DBU gegen Oppositionelle einzusetzen. Nur wenige wussten davon."

Ein zweites Implantat, noch tiefer im Gehirn! Georg tastete erfolglos nach seiner Narbe. Seine Haut hatte die Spuren des Eingriffs längst beseitigt.

Viele tausend Kilometer und einen Ozean entfernt befand sich die Zentrale der *ImpleMind Corporation*. Irgendwann, in einigen Stunden, vielleicht auch früher, würde sich ein Sachbearbeiter oder – weitaus wahrscheinlicher – ein Algorithmus mit den Anomalien bei Client-ID H:2001:0db8::08d3:8a2e:0070:6810 befassen. Der Name, der sich hinter der ID verbarg, würde dabei keine Rolle spielen. Man hatte das infolge der CHIP-Entfernung ausgesandte DBU-Signal empfangen und registrierte nun die Tatsache, dass ein illegaler Scan durchgeführt worden war. Man würde die notwendigen Schlüsse ziehen und einen Impuls an die DBU des Absenders zurückschicken, der diesen während einer Schlafphase erreichen würde.

Der Spätsommer war die schönste Zeit. Georg freute sich auf das bevorstehende Versteckspiel. Das Gras hinter dem Haus war inzwischen so hoch, dass er beinahe aufrecht gehen konnte, ohne dass seine Mutter ihn sah. Er wusste, dass sie jeden Augenblick zum Essen rufen würde, deshalb hatte er den Abstand zum Haus vorsorglich vergrößert und sich an einer Stelle niedergelassen, die sie vom Küchenfenster aus nicht einsehen konnte. Die drei Spinnen, die sich seinem Versteck näherten, hatte er noch nicht bemerkt. Sie gingen aufrecht und ihre Klauen umklammerten Skalpelle und andere medizinische Instrumente. Sie hoben kurz die Köpfe, als seine Mutter nach ihm rief. Dann nickten sie einander zu und begannen den blonden Jungen einzukreisen.

Endlich

Gisela Westenkirchner

Ein Leben lang
in Deinem Schatten gesonnt
in Deinem Licht getanzt
Glanz und Farbe verloren
Du Maß meiner Dinge –
endlich
Deinen Lorbeer aus meinem Pelz
geschüttelt
auf die Hinterbeine gestellt
sonne mich im eigenen Licht
und
habe Schattenplatz für Dich.

Einer

Gisela Westenkirchner

Einer
sitzt auf der Straße –
schläft unter der Brücke –
zählt Groschen –
teilt jeden Schluck –
jeden Bissen –
selbst die zerrissene Decke –
und lächelt!

Blätterzirkus

Gisela Westenkirchner

Durch die Bäume
streicht der Wind
treibt mit Blättern sein Spiel –
zaubert Herbstartisten –
die wirbeln und tanzen
stürzend sich fangend –
schweben und schwingen
scheinbar ohne Ziel –
taumeln nieder
türmen sich sanft –
tausendfaches Gold
unter unseren Füßen –
federleichte Schritte
um nicht zu verletzen –
kindlich glücklich.

Das Märchen von Opa Biene

Julia Platz

Opa Biene ist schon ein alter Mann. Den Namen Opa Biene hat er von seinen Enkelkindern, weil er nur seine Bienen und den von ihnen produzierten Honig im Kopf hat. Eigentlich heißt er Toni. Und Toni hat wirklich viele Bienen. Wo man nur hinsieht, überall in seinem Garten schwirren diese fleißigen Insekten umher. Jeder freie Platz in seinem Bienenhaus und jede Pflanze in seinem Garten ist von ihnen besetzt.

Es kann schon passieren, dass, wenn man ihn trifft, er fragt, ob er nicht ein paar Bienenvölker zu Ihnen in den Garten stellen darf. Er würde sie sogar in ihr Schlafzimmer stellen, wenn man es ihm erlauben würde. Und wenn sie das Glück haben und von ihm gefragt werden, ob Sie nicht ein Plätzchen frei haben, sollten sie unbedingt „Ja" sagen. Es besteht die Möglichkeit, dass Ihnen das gleiche Wunder widerfährt, wie es Toni erlebt hat. Dieses Wunder ist wirklich geschehen. Das können Sie mir glauben.

Der alte Mann hat es mir selbst erzählt, damit die Botschaft, die Bienen zu lieben, weiterverbreitet wird. Und ich finde, die Erzählung des alten Mannes ist ein wahrer Ansporn. Das mit dem Wunder ereignete sich folgendermaßen:

Bei Toni herrschte wieder einmal starke Bienenüberbevölkerung. Bienenkästen stapelten sich über Bienenkästen. Aus fast jeder blühenden Pflanze im Umkreis war ein Summen zu hören. Teilweise drängelten sich auf einer Blüte mehrere Bienen gleichzeitig. Ja manchmal sah es sogar so aus, als würden die nützlichen Insekten vor den Blumen in einer Schlange anstehen, um an den süßen Nektar zu kommen. Braun-gelbes Insektengetümmel soweit das Auge reichte. Das Summen war so laut, dass man fast sein eigenes Wort nicht mehr verstand.

Er hatte alle Hände voll zu tun, seine kleinen Schützlinge zufriedenzustellen, und zimmerte immer mehr Behausungen, damit sie genug Platz hatten. Er setzte wie am Fließband Pflanzen in allen Formen und Farben ein.

Jeder Platz, der noch frei war, und war er noch so klein, wurde von den verschiedensten Gewächsen besetzt. Sogar das Dach vom Bienenhaus war mit Margeriten und Löwenzahn bepflanzt. Und, Sie werden es nicht glauben, sogar in der Brusttasche seines Hemdes und auf seinem Imkerhut wuchsen Lavendel und Rosmarin. Manchmal wusste er einfach nicht mehr, wo ihm der Kopf stand. Er konnte sich nicht entscheiden, welchen Bienenschwarm er zuerst einfangen sollte, wenn sich mal wieder mehrere Völker gleichzeitig geteilt hatten, weil sie zu groß geworden waren. Kurzum: Toni war wie immer schwer beschäftigt mit seinen geflügelten Lieblingen.

Er passte natürlich immer sehr gut auf, dass er auf keinen Fall auf eine Biene trat oder sich aus Versehen auf eine draufsetzte. Aber wie man sich vorstellen kann, ist er trotzdem schon oft gestochen worden. So sehr kann ein Mensch, der so viele Bienen hat, gar nicht aufpassen, dass das nicht passiert.

Es war also ein heißer Sommertag im Juli.

Toni wollte gerade einen Sommerflieder einpflanzen, als es geschah, dass er mit dem Knie eine Biene erdrückte. Er hob das Knie sofort wieder an, aber es war zu spät, er spürte den Stich und sie lag mausetot am Boden. Dem alten Mann schossen wie immer sofort die Tränen in die Augen. Er ärgerte sich sehr über sich selbst, dass er nicht besser aufgepasst hatte. Traurig, mit hängendem Kopf, ging er in seine Schreinerwerkstatt, um einen von seinen selbstgezimmerten winzigen Särgen zu holen. Er begrub verendete Bienen immer auf dem von ihm angelegten Insektenfriedhof.

Als er zurückkam, lag die Biene immer noch tot an der Stelle neben dem noch nicht eingepflanzten Flieder. Er taufte sie auf den Namen Charlie. Charlie als Abkürzung von Charlotte. Er gab ihnen immer einen Namen, bevor er sie beerdigte. Er liebte sie einfach zu sehr, um sie namenlos zu begraben und er wollte ihnen auf diese Weise ein letztes Mal Respekt zollen für ihre unermüdliche Arbeit.

Also nahm er Charlie zärtlich an den Flügeln und wollte sie in den Sarg betten, da hörte er die Biene schimpfen: „Sag mal, spinnst du eigentlich?! Erst zerquetschst du mich fast mit deinem riesigen knubbeligen Knie, sogar meinen Stachel habe ich dabei verloren, und jetzt willst du mich in diese kleine muffige Kiste sperren? Was zur Hölle ist los mit dir?!"

Toni verlor vor Schreck fast das Bewusstsein. Die Stimme schien von der Verstorbenen zu kommen. Die ihn, ja konnte das sein, zornig anstarrte?

„So, los jetzt, höre ich eine Entschuldigung oder Ähnliches? Wahnsinn, kein Anstand, keine Manieren. Nur blöd glotzen."

Toni rang um Fassung. Er war vor Schreck kreidebleich geworden und stotterte: „Wwwwieso kkanst dddu ssprechen? Und wieso um Himmels Willen bbbist ddu nicht ge... gegstorben? Du hast doch deinen Stachel verloren! Nicht auszudenken, wenn ich dich begraben hätte!"

Charlie stand die Zornesröte im Gesicht. Sie antwortete stinksauer: „Ja, schönes Schlamassel, das mit meinem Stachel! ENTSCHULDIGUNG habe ich dafür immer noch nicht gehört. Aber anscheinend ist es dem Herrn Mensch egal, war ja nur mein Stachel. Was würdest du sagen, wenn ich dir deine Nase ausreißen würde, hä? Da wäre eine ENTSCHULDIGUNG wohl das mindeste was du erwarten würdest!

Aber dich, du dusseliger Mensch, interessiert nur, warum ich noch lebe und sprechen kann. Passt es dem Herrn etwa nicht?? Ich lebe und spreche, wenn es recht ist. Und jetzt sag ich dir mal was, es gibt viele Dinge die werdet ihr Menschen nie verstehen. Euer Erbsengehirn begreift vieles nicht."

Charlies Flügel zitterten vor Wut. „Es gibt besondere Bienen, von denen ich eine bin, wie du unschwer erkennen kannst bei meinem tollen Aussehen. Wenn diese obertollen Bienen mit dem besonders schönen Äußeren ihren Stachel an einen Menschen verlieren, dessen Herz ausschließlich für uns schlägt, sind sie dazu bestimmt für immer bei diesem Menschen zu bleiben. Das bist in dem Fall du. Obwohl ich mir das mit Herz für uns bei dir nur schwer vorstellen kann. Du ungehobelter blöd glotzender Grobian. Ja! Und für diese Beleidigung werde ich mich NICHT entschuldigen! Und damit ich, äußerst besondere Biene dir helfen kann, muss ich wohl erstens leben und zweitens sprechen können, ist doch logisch oder? Du scheinst mir allerdings nicht ganz so helle zu sein in der Birne. Wenn du möchtest, kann ich dir das alles auch nochmal gaaaaaaaanz langsam erklären, damit selbst du es verstehst. Aber mir fällt gerade ein, ich habe dazu eigentlich gar keine Lust." Sprach sie und verschränkte dabei ihre kleinen Arme.

Toni war vollkommen verblüfft von dieser Schimpftirade, aber sein Gesicht bekam wieder Farbe. Ja, er musste sich sogar zusammenreißen, dass er nicht laut loslachte. So viel, ohne Punkt und Komma hatte die kleine Biene jetzt geschimpft, dass sie völlig aus der Puste war.

Ein bisschen hatte er schon immer an Wunder geglaubt, aber, dass ihm mal so ein waschechtes Wunder in Form einer Biene über den Weg laufen würde, dass hatte er nicht geahnt.

Er nahm die erschöpfte Charlie vorsichtig an ihren Flügeln hoch und sprach dabei:" Ja mei, dann bleibst halt bei mir. Hilfe kann ich immer gebrauchen. Nur an deiner Freundlichkeit müssen wir noch ein bisschen arbeiten, du witziges kleines Bienen-Kerlchen !"

„Waaaaas? Bienen was? Kerlchen?" kam es sofort kreischend von Charlie. „Ich es kann nicht glauben, dass du einer der wenigen Menschen mit einem reinen Bienenherz sein sollst. Na ja, obwohl ein reines Bienenherz zu haben, schließt ja nicht aus, dass man gleichzeitig über weniger Verstand verfügt. Darüber muss ich noch nachdenken. Ich denke viel nach. Ich sehe nicht nur besonders aus. Ich bin auch noch absonderlich intelligent. Falls ich dir das Wort absonderlich erklären soll, sag nur Bescheid. Wenn ich Lust habe, mache ich das. Ich möchte auf alle Fälle, dass du von meiner Klugheit profitierst. Also ich bin kein Kerl, sondern eine weibliche Biene. Was du eigentlich wissen müsstest, da ich einen Stachel hatte und du mich hier draußen beim Pollen und Nektar sammeln erdrückt hast. Jetzt möchte ich mich gerne ausruhen. Bring mich in mein Bett. Falls du keines für mich vorbereitet hast, nehme ich auch vorübergehend – die Betonung liegt auf vorübergehend – in deiner Brusttasche mein Schlafgemach ein." Sie kletterte müde an Tonis Hemd zur Brusttasche hoch und kuschelte sich seufzend in die Erde zwischen dem Lavendel, der dort wuchs.

„Weißt du", murmelte sie schlaftrunken, während sie es sich bequem machte. „Weißt du, ich kann dir helfen mit meiner Bienenverwandschaft. Ich werde dir sagen, wenn sie schwärmen wollen, damit du sie rechtzeitig einfangen und in ein neues Zuhause bringen kannst. Und natürlich werde ich ab heute immer alle warnen, wenn du wieder durch den Garten trampelst, damit sie rechtzeitig wegfliegen und keine dasselbe Schicksal wie ich erleiden muss. Ich werde dir so sehr helfen. Du kannst mich Superimme nennen. Es wäre mir übrigens sehr recht, wenn du ab heute Superimme zu mir sagst. Imme ist eigentlich das richtige Wort für Biene. Weißt du, Imme sagt man schon viel länger als Bie...chrtschü chrtschü." Sie war mitten im Satz eingeschlafen.

Gott sei Dank, dachte sich Toni. Die ist ja schon schwer zu ertragen. Hätte sie nicht die Müdigkeit überkommen, würde sie wahrscheinlich bis morgen in dem Tempo weiterplappern. Das kann ja heiter werden. Und ein Bett darf ich jetzt auch noch auf die Schnelle zusammenschreinern, grantelte er vor sich hin. Aber wenn man genau hinsah, sah man in seinem Gesicht auch ein kleines Grinsen. Er freute sich über das Wunder, das ihm passiert war und er freute sich über die, wenn auch nicht ganz so freundliche, Bienengesellschaft.

Sein Herz wusste, er würde noch viel mit Charlie erleben.

Das war die Geschichte wie Opa Biene zu Charlie kam. Und wer weiß, wenn Sie daran arbeiten, ein reines Bienenherz zu erlangen, vielleicht ist unter Ihren Bienen dann auch einmal so eine wundersame Superimme, die, wenn sie sticht, nicht stirbt, sondern bei Ihnen bleibt …

Hallo, ihr Sch...!

Julia Platz

4.45 Uhr: Aufstehen zu Kuhglocken-Geläut und grünem Licht. Kurze Yogaübungen: Sonnengruß, herabschauender Hund und friedlicher Krieger. Rein in die Joggingschuhe und raus an die frische Luft. Die Stadt schläft noch. In fast allen Wohnungen ist es dunkel. Was für Looser denkt Tanja. 7 km.

05.30 Uhr: Post bei Facebook über die gelaufenen Kilometer. Sprung unter die Dusche.

05.45 Uhr: Meditation. Einatmen. Ausatmen. An nichts denken, nur sich selbst spüren. Die innere Mitte erfolgreich gefunden dank der Meditations App.

06.05 Uhr: Beauty Programm. Zähne putzen. Gesichtspeeling mit Mandelkleie aus biologischem und fairem Anbau. Haare glätten. Dezentes Make up. Fertig.

06.20 Uhr: Thermomix mit Zutaten für Dinkel-Karotten Muffins füttern.

06.28 Uhr: Phillip-Noel wecken.

06.30 Uhr: Zweites Mal wecken. Sofortiges Aufstehen erforderlich. Schweigendes Funktionieren des Sohnes. Er ist so ein kluges Kind. Die Klugen sind meistens die Introvertierten. Immer mit sich und den eigenen Gedanken beschäftigt. Ihr Sohn ist der typische Denker. Eines Tages wird er seine Gedanken mitteilen können und dann wird er die Anerkennung erfahren die er verdient. „Phillip-Noel, please get dressed." Bilingual. Selbstverständlich. Wenn die das im Kindergarten nicht leisten können, muss sie das halt auch noch machen.

06.40 Uhr: Muffins in den Ofen. Zwei Goodlife-Bowls mit pinken Beeren und Chiasamen vorbereitet.

Pups-Geräusche aus dem Schlafzimmer. Tanjas Mann. Sie seufzt. Es kann ja nicht alles perfekt sein. Und vielleicht bekommt sie ihn auch noch hin. Es war aber auch kein anderes Modell verfügbar. Und jetzt einfach so austauschen, ohne dass die Fassade Kratzer nimmt, auch schwierig. Dann besser kaschieren, dass man ein langschlafendes, pupsendes Höhlentier zu Hause hat. Ein leichtes Schaudern durchzuckt sie, als ihr einfällt, dass heute Beischlafmittwoch ist. Aber das Projekt "zweites Kind" ist schon zu lange unvollendet. Da darf man sich keine Ausnahmen erlauben.

Tanja geht ein letztes Mal ihren Vortrag durch an dem sie seit Monaten gearbeitet hat. Heute ist der große Tag ihres Karrieresprungs. Er musste perfekt sein. So wie sie.

76

07.10 Uhr: Frühstück beendet. Phillip-Noel hat bis jetzt keinen Ton gesagt. Tanja gibt ihm ein Rechenbrett aus Holz. Naturbelassen und unbehandelt, selbstverständlich. Sie selbst checkt schnell ihr Handy. Macht ein Foto von ihrem Sohn. Von hinten. Mit einem Sonnenstrahl, der durch das Fenster scheint. Kopf über dem Rechenbrett und davor die Müslischale. Perfekt. Und hochgeladen auf Instagramm. Hashtag :#mumlife, #hochbegabt, #lebenmitkindern, #gesundesfrühstück, #love.

Phillip-Noel hat sein Frühstück nicht angerührt. Tanja packt die Muffins in ein Körbchen.

07.30 Uhr: Anziehen. Matschhose, Gummistiefel, Softshelljacke, Handschuhe und Mütze. Es hatte leicht angefangen zu Nieseln. Obwohl, es könnte auch später die Sonne rauskommen. Lieber noch eine Schicht Sonnenmilch, Lichtschutzfaktor 50+, ins Gesicht des Sohnemannes. Sie überlegt ein Foto zu machen, wie er das Haus verlässt in den Nieselregen-Sonnenschein. Bestens ausgerüstet. Sie ist so eine gute Mutter. #Mummycaresforyou. Sie fühlt sich gut. Philip-Noel schweigt. Vermutlich, weil er über den Sinn des Lebens nachdenkt. Sie fahren mit dem Fahrrad. Kinder brauchen Bewegung.

07.45 Uhr: Ankunft im Kindergarten. Während ihr Sohn sich umzieht, übergibt Tanja die Muffins an die Kindergärtnerin. Sie hatte heute früh einfach solch eine Lust verspürt zu backen und gedacht, warum nicht den Kindern was Gutes tun. Es haben ja nicht alle das Glück

Eltern zu haben, die ihnen mal was mit frischen Zutaten zubereiten. Für sie war das morgens vor der Arbeit kein Problem. Für manch andere ja schon, obwohl sie nicht mal arbeiten.... Tanja strubbelt ihrem Sohn liebevoll durch die Haare. *Machs gut mein kleiner Philosoph.* Phillip-Noel schlägt die Tür zur Kindergartengruppe auf. Rülpst laut. Und spricht seine ersten Worte des Tages:" Hallo, ihr Scheiße! Pippi, Kackafurz, Arschgesicht".

07.55 Uhr: Tanja verlässt eilig den Kindergarten, so tuend, als hätte sie die Begrüßung ihres Sohnes nicht wahrgenommen. Das hat er bestimmt von seinem Vater. Warum muss er ihr alles kaputt machen. Der Tag hatte so perfekt angefangen. Alles war wie es sein sollte und jetzt dieser Ausreißer. Hätte sie einen anderen Mann geheiratet, müsste sie sich jetzt nicht mit solchen Problemen rumschlagen. Aber so. Halb Genie, halb Neandertaler. Sie musste sich beeilen. Schnell in ihren Mini Cooper einsteigen und nach München flitzen. Trotz ihres perfekten Timings war sie jetzt spät dran. Für 08.30 Uhr war das Meeting angesetzt, auf das sie sich seit zwei Monaten vorbereitete hatte. Heute würde sie allen zeigen, dass sie die Richtige für das Projekt war. Sie war Powerwomen in Person, sie würden das anerkennen müssen.

08.25 Uhr: Ankunft in München in den Büroräumen eines großen bayerischen Autoherstellers. 5. Etage. Produktentwicklung. Konferenzraum. Tanja hastet hinein. Die anderen haben schon am Konferenztisch Platz genommen. Vorne am Projektor steht Herr Schmidt. Was macht der da?

Ihr Chef begrüßt sie: „Guten Morgen, Frau Büttner. Schön, dass Sie auch schon da sind. Lieber keine Minute zu früh. Nichts von ihrer kostbaren Zeit verschwenden. Sie kennen bestimmt Herrn Schmidt. Ich habe entschieden, dass er der richtige Mann für das Projekt ist. Sie sind da bestimmt auch meiner Meinung. Freut mich, setzten Sie sich und atmen Sie mal ordentlich durch. Sie sehen ja aus wie ein aufgescheuchter Truthahn. Nichts für ungut. War nur ein Späßle. Wie sind ja hier eine Familie, da kann man schon mal lockerer sein. Das ist, was ich so an unserer Abteilung mag. Legen Sie los Herr Schmidt."

Die Kollegen blicken Tanja an. Eine Begrüßung oder Verteidigung erwartend. Ihr Gesicht glüht. Die monatelange Arbeit umsonst. Einfach so. Als wäre ihre Zeit nichts wert. Nicht mal mehr die Möglichkeit sich zu präsentieren soll sie bekommen. Aus Tanjas Kehle kommen nun tatsächlich Geräusche, wie sie ein Truthahn machen könnte, gefolgt von Worten die sich unkontrolliert einen Weg aus ihrem Inneren bahnen: „Hallo, ihr Scheiße! Pippi, Kackafurz, Arschgesicht."

08.35 Uhr: Letzter Arbeitstag. Fristlose Kündigung. Sachen gepackt unter beschämenden Blicken. Herr Müller, der Hausmeister, klopft ihr zum Abschied anerkennend auf die Schulter. „Büttnerin, ich habe ja nichts von Ihnen gehalten, aber jetzt. Meine Hochachtung. Respekt. Hallo,

Ihr Scheiße … pfff." Ein Lachkrampf beendet die Verabschiedung.

Sie fährt nach Hause. Legt sich mit einer Tüte Chips und einer Flasche Whiskey zu ihrem Mann ins Bett. Pupst laut und trinkt sich ins Delirium.

Morgen ist ein neuer Tag.

Mondlicht

Gisela Westenkirchner

Strahl um Strahl erhellst du zärtlich
nächtlich Wiesen, Felder -
legst zauberhafte Schleier über Wälder -
aus sanften Schatten fließen Träume -
ich verhalt` den Schritt und
und steh` verzaubert
in der mondlichthellen Nacht.

Spurlos?

Gisela Westenkirchner

Auf leisen Sohlen
davonschleichen
wie die Nacht ?
Keine Spuren hinterlassen ?
Keine Gangart für mich !
Holzpantinen werde ich tragen –
poltern und lärmen –
unüberhörbar
meine Fußabdrücke –
unübersehbar –
eindrucksvolle Hinterlassenschaft!

Ich bin

Gisela Westenkirchner

Wenn ich die Wände
mit Sahne beschmiere,
meine Zähne mit Teer poliere,
gefüllte Stachelbeeren serviere
und mit der Katze diniere,
dann merkst Du,
dass es mich gibt!

Emociones

Karl Blanke

„Handelskammer Rioja Alavesa."

„Hola Maribel, Rosa. Ich würde gerne meine Weine nach Deutschland exportieren. Kannst Du mir helfen?"

„Claro, ich lade Importeure aus Deutschland ein. Ich spreche mit María in Heidelberg. Sie ist Profi, sie kann sicherlich Weinhändler einladen."

„Hola Rosa, Maribel. María kommt mit zwölf Weinhändlern aus Deutschland und der Schweiz. Neun weitere Weingüter nehmen an der Verkostung teil. Ihr präsentiert eure Weine am 29.06. im Hotel *Villa de Laguardia*."

„Ok."

„Du nimmst teil?"

„Natürlich. Danke! Bisher habe ich eigentlich nie darüber nachgedacht, ob meine Weine gut genug sind. Was werden die Deutschen denken? Der Tinto 2018, der Jahrgang war schwierig, der Kälteeinbruch im Frühjahr und im Sommer viel zu wenig Regen. Er hat zu wenig Säure. Sie werden ihn nicht mögen!"

„Rosa, in ganz Spanien war der 2018er schwierig. Die werden das schon wissen."

„Und wenn nicht? Wenn ich da stehe und ich sehe in ihren Augen Mitleid, Ablehnung. Schlechter Wein! Wie soll ich damit umgehen?"

„Come on. Du verkaufst seit 10 Jahren, die Geschäfte gehen besser. Es wird nichts passieren!"

„Und wenn doch?"

Alles aufgebaut. Die Flaschen haben die richtigen Temperaturen. Preisliste, Visitenkarte, Flyer. Alles parat.

Die Weinhändler betreten den Raum.

Ich komme mir vor wie im alten Rom, die Löwen betreten die Arena. Wer wird mich fressen? Kommt jemand zu mir und kostet meine Weine? Meinetwegen mag er sie nicht, aber er soll sie verkosten!

Der erste kommt zögerlich.

Komm zu mir, dreh nicht ab. Rosa lächele gefälligst! Business!

„Hola, ich würde gerne ihre Weine kennenlernen."

Oh Herr, ich danke Dir! „Beginnen wir mit dem Weißwein?"

„Gerne."

„100 Prozent Viura, Jahrgang 2018, frisch abgefüllt." Ich schaue ihn an.

Er nippt, lässt den Wein über den Gaumen rollen.

Was denkt er? Ich schaue ihm in die Augen, etwas ängstlich. *Wie gehe ich mit Ablehnung um? Was tun? Ich hätte mich nicht anmelden sollen. Meine Weine taugen nichts.*

Ich schwitze. *Er mag ihn nicht.* Ich bin traurig. Hab Mut!

Er nickt. „Bueno me gusta!"

Oh Gott, er mag ihn.

Ich lächele, meine Anspannung weicht.

Ob man das sieht?

Ich bin glücklich!

„Als nächsten den Tinto?"

Die Reise

Karl Blanke

Ein Mann fährt in seinem Sportwagen durch eine verlassene Landschaft. Der Vollmond scheint durch die Wolken, beleuchtet die Erde phasenweise. Er biegt einer Intuition folgend in einen Waldweg ab, folgt dem Weg bis zu einer Lichtung. Ein einsamer mystischer Ort. Anziehend.

Der Mann beschließt, dort eine Pause einzulegen, ein paar Minuten zu schlafen. Er legt den Sitz zum Liegesitz um, verschließt den Wagen von innen und beobachtet noch einmal die gespenstische Szenerie. Die hohen Tannen am Rande der Lichtung und den silbrigen, faden Widerschein des Mondes auf den buschigen Gräsern.

Später wacht der Mann auf, er hat tief geschlafen. Der Mond steht höher am Himmel und leuchtet die Schonung stärker aus. Ein Reh huscht über die Lichtung. Er öffnet den Wagen, aber das Schloss lässt sich nicht entriegeln. Er dreht den Zündschlüssel nach rechts. Nichts. Der Motor springt nicht an. Nicht einmal das Klicken des Anlassers ist zu hören. Die Armaturen bleiben dunkel, etwas mit der Elektronik ist nicht in Ordnung. Die Tür bleibt verriegelt.

Der Mann schaut minutenlang aus dem Frontfenster auf die Lichtung, beobachtet das leise Schwingen der Gräser und kleinen Tannen im Wind, die Lichtreflexe der Bäume in der Bewegung. Er starrt, ohne zu denken, das Cockpit hüllt ihn ein, die Front bestimmt sein Blickfeld. Sein Geist, sein Körper in einer Starre.

Unvermittelt bewegt sich sein rechter Arm und holt aus der Ablage die Bedienungsanleitung hervor. Auf Französisch. Ein Leasingfahrzeug aus Frankreich. Er versucht, den Text zu verstehen. Ohne Erfolg. Mit einem Kopfschütteln legt er sie weg, betrachtet erneut die Lichtung. Minutenlang. Er schließt die Augen, stellt sich die Szene vor, die dunklen Bäume, das fade Licht zwischen den Wolken, die Gräser im Wind. Öffnet sie wieder, vergleicht das Gesehene mit seinen Erinnerungen.

Erlebnisse aus seiner Kindheit werden wach. Zwei Bilder, das Original und die Fälschung mit fünfzehn Fehlern. Er hat so lange gesucht, bis er sie alle gefunden hat. Dann das Wohnzimmer seiner Eltern mit dem Schrank, bestückt mit dem guten Geschirr, Blumendekor in Orange-Ocker. Die Bücher und in der Mitte die Weingläser, Bierseidel und die Bowleschale, hinter der rechten Tür die Geschäftsordner, eine Geldkassette und Ablagefächer für Schecks, Briefpapier und Vordrucke. Da drunter die drei Fächer mit Tischdecken, Kartons mit losen Fotografien, Krimskrams. Ein ideales Versteck für Süßigkeiten, Schokolade, Kekse, Bonbons.

Das grüne Sofa mit den Sesseln, die Anrichte mit der Stereoanlage und dem Fernseher. Der große rote Perserteppich und der kleinere blau, beige gemusterte vor dem Schrank. Von dem Teppich aus hat er als Kind den Fußball gegen die Rückwand des Sessels geworfen und den abprallenden Ball dann gehalten. Als Zehnjähriger war er Torwart, später Verteidiger und Libero.

Die Erinnerungen kommen wieder hoch. Der Stolz über die Erfolge, die Freude, in einer Mannschaft zu spielen und das Unverständnis, dass sein Vater nicht ein einziges Match seines Sohnes angesehen hat. Zwölf Jahre, mehr als vierhundert Möglichkeiten, kein Interesse. Später mit Mitte vierzig hat er das Trauma aufgearbeitet, die Erkenntnis, einen narzisstischen Vater zu haben, war nicht leicht zu akzeptieren.

Der Mann überlegt, dass eine Therapie eine schwierige Sache ist. Schwer und häufig zum Scheitern verurteilt. Er blickt wieder auf die Lichtung, der Mond ist weitergewandert, die Sterne mit ihm. Der Große Wagen, Kepheus, der Nordstern. Himmlische Wanderer am Firmament. Als der Tag anbricht, schläft er zum Gezwitscher der Amseln ein.

Die Wärme weckt ihn. Die Sonne steht schon hoch. Der Mann hat lange geschlafen. Er greift auf den Beifahrersitz zu einer Flasche Wasser. Er hat Durst, trinkt die Hälfte in einem Zug aus.

Er wartet auf einen Wanderer, der ihn befreit.

Später, der Himmel trübt sich ein, es beginnt zu regnen. Der Mann beobachtet die grauen Wolken über den Bäumen, den Regen, der auf die Windschutzscheibe tropft. Wie in einem Kokon begibt er sich wieder auf seine Reise zu sich selbst.

Er denkt an Wanda, seine erste große Liebe, als er zwanzig war. Das Glück währte nur ein Jahr, dann zog sie weiter und ließ ihn verstört zurück. Über den Verlust kam er erst Jahre später hinweg, es veränderte ihn, danach war alles anders. Keine feste Beziehung, Angst zu versagen, allem nicht gerecht zu werden. Therapiesitzungen. Die eigene Identität, wann beginnt sie, wo endet sie? Warum kann sie nicht so bleiben wie sie ist? Er will keine Veränderungen, er braucht Sicherheit.

Später lernte er Tara kennen. Liebe auf den ersten Blick, lange Reisen nach Asien, unbeschwerte Zeiten. Wir waren glücklich. Mehr als zehn Jahre, die große Liebe und dann ein langer Abschied. Unwiderruflich. Wieder eine Therapie, wieder die Frage nach der Identität und dem Selbstbewusstsein. Er findet keinen Sinn im Leben.

Der Mann blickt lange in den Regen, denkt nicht, sitzt nur da und starrt aus dem Fenster. Die Zeit vergeht, es wird dunkel. Es hört auf zu regnen. Der fahle Mond leuchtet schwach die Lichtung aus. Die letzte Helligkeit bricht sich in den Wassertropfen.

Kein Wanderer kreuzt die Lichtung.

Der Mann wartet.

Denkt über sich nach und wartet.

Kein Wanderer betritt die Lichtung.

12 Quadratmeter
Die Kleine Apotheke

Karl Blanke

Pünktlich gegen 13.00 Uhr stehe ich bei Carmen Rabal vor der Tür.

Es öffnet mir eine zierliche alte Dame.

Ich erkläre ihr, dass ich gern ihre Apotheke einmal sehen möchte.

Sie nickt freundlich und schließt auf. „Aber nicht so viele Fotos machen. Die Einrichtung leidet darunter", werde ich ermahnt.

Auf meine Bitte auch ein Foto von ihr mit den Schalen und Tiegeln machen zu dürfen, winkt sie nur ab. Sie sei nicht richtig zu recht gemacht.

La Botica Rabal – die Apotheke Rabal - besteht schon seit 1860 in Briones, die Einrichtung ist genauso alt, der Verkaufsraum nicht größer als zwölf Quadratmeter, fast ein Museum. Es ist Carmen Rabals ganzer Stolz.

Ich bin ihr sehr dankbar, dass ich ihre kleine, alte Apotheke „außer Dienst" einmal sehen durfte.

Zurück bei Maricruz erfahre ich, dass Carmen schon 92 Jahre alt ist.

Kreatives Potential

Anja Eckmüller

Aggression, Wut, Hass, Neid, Eifersucht, Ich-kann-mich-selbst-nicht-leiden – Trauer, ja auch Trauer.

Aber warum soll ich auch immer toll drauf sein?

Ich geh in einen Buchladen und schau mir so die Titel an und finde ganz tolle wohlklingende Ratgeber, wie man glücklich wird, wie man sich zentriert, seine Mitte findet, immer gut drauf ist und – schubidutrallala – heile Welt schaffen kann.

Klar kann ich die nächsten 1000 Jahre meditieren und versuchen, damit in meine Mitte zukommen, aber wie wäre das, wenn ich stattdessen meine Wut rauslasse, mich mit meiner Aggression beschäftige oder vielleicht gar die Trauer zulasse?

Das wäre schlimm, oder?

Ich mein, unsere Gesellschaft kennt doch vor allem:

Wie werde ich erfolgreich?

Wie kann ich der Gesellschaft gefallen?

Wie kann ich immer nett und freundlich sein?

Wie werde ich noch attraktiver?

Bloß nicht ätzend, pickelig, unleidlich und vielleicht auch noch aggro sein!

Wäre ein grober Verstoß gegen die „Norm"? Oder?

Aber wieso eigentlich nicht mit dem eigenen Dreck beschäftigen?

Wieso nicht mal mit dem eigenem Schlechten kreativ beschäftigen?

Denn: Aggression, Hass, Wut, Trauer haben Kreatives Potential!

Wenn man bedenkt, welche Energie in dieser Phase in einem steckt: stundenlanges Holzhacken wäre mit dicker Wut im Bauch das reinste Kinderspiel – also warum diese nicht kreativ für uns und unser Leben nutzen?

Stumme Wut

Rosemarie Benke-Bursian

Angefüllt mit Worten
Die in meinem Kopf
Und in meinem Herzen
Purzelbäume schlagen

Angefüllt mit Worten
Die sich bekämpfen
Sich gegenseitig vernichten
Um dann von neuem zu entstehen

Angefüllt mit Worten
Die zu Monstern anschwellen
Schreiend und tobend
Durcheinaderstürmend
So dass nichts mehr in mich hineinpasst
Als nur noch mehr Worte.

Angefüllt mit Worten
So steige ich in die Höhe
Wie ein prall gefüllter Luftballon
Um schließlich am nächsten Staubkörnchen
Mit riesigem Knall
In tausend Stücke zu zerplatzen!

Unendlichkeit

Rosemarie Benke-Bursian

Tickende Uhr
Rieselt ihre Sekunden
In Deine Lebenszeit

Ganz leise
Kaum hörbar
Immer deutlicher
Unerbittlicher
Zerreißt Stille und Lärm
Dröhnt in den Ohren
Stund um Stund
Tag um Jahr
Bis alle Zeit
Aus ihr herausgeronnen ist

Dann steht sie still
Und mit ihr die Zeit
Gebiert Unendlichkeit

Wartezeit

Rosemarie Benke-Bursian

Einen Kaffee bestellen
Ein Wasser dazu
Die Zeitung lesen
Wartezeit

Die Sonne strahlt
Die Vögel zwitschern
Die Gedanken fliegen
Wartezeit

Der Kaffee ist getrunken
Das Glas Wasser halb leer
Ein paar Wolken am Himmel
Wartezeit

Ein Blick auf die Uhr
Ein zweiter Kaffee
Der Himmel wird düster
Wartezeit

Die Zeitung ist gelesen
Die Kaffees längst geleert
Es regnet in Strömen
Wartezeit

Das Café ist geschlossen
Kein Mensch weit und breit
Es stürmt und hagelt
Einsamkeit

Der verdammt gute Roman

Rosemarie Benke-Bursian

Her X.
schrieb
den verdammt guten Roman.

Die Welt
war hellauf begeistert
aber von Herrn Y.

Der Verlag
fand ihn auch verdammt
aber schlecht.

Der Leser
fand ihn gar nicht
und das zu recht.

Entrümpelung

Von der Schwierigkeit, die verstopfte Spur des Lebens freizuräumen und weiter zu gehen.

Manfred Pfund

Im Frühjahr staute sich unser Leben bedrohlich bis zur Dammkrone auf. Bei Sturm schwappte manches auf die andere Seite der Staumauer.

Es musste was geschehen, aber was?

Jeden Morgen starteten wir mit dem gleichen Ritual in den Tag hinein. Direkt aus dem Bett an den Frühstückstisch. Meine Frau Ingrid Kaffee mit Sahne und viel Zucker, dazu zwei getoastete Weißbrote, eins mit Aprikosen- und eins mit Erdbeermarmelade, selbstgemacht. Und zum Nachtisch ihre Tagesration Tabletten. Ich ein Haferl Grünen Tee, dazu Knäckebrot mit gekörntem Frischkäse.

Die Tageszeitung zerlegten wir in seine Sparten. Ich begann mit dem Weilheimer Teil, danach folgten der Bayernteil und der Sport, zum Schluss die Kultur mit dem Fernsehprogramm. Ingrid schnappte sich immer gleich den Kulturteil und versank in ihrem ersten Sudoku des Tages. Sudokus waren ihr unverzichtbares Grundnahrungsmittel. Ein neues Profi-Sudokuheft zog sie allemal einem Blumenstrauß vor. Nur bei Pralinen wurde sie etwas wankelmütig.

Unter dem Strich eine schöne heile Welt, allerdings eine zunehmend langweilige.

Wenn du 52 Jahre verheiratet bist, spürst du sofort, wenn etwas anders ist als sonst. Heute ist so ein Tag, es liegt was in der Luft. Offensichtlich kreist in Ingrid ein Problem, das den Ausgang nicht findet.

„Hast du was?", frage ich in die verspannte Stille hinein, „du machst so einen abwesenden Eindruck".

Sie hebt den Kopf, legt den Stift zur Seite und schaut mir traurig in die Augen. „Ach na ja, ich mach mir halt Sorgen, was ist, wenn einem von uns was passiert und der übrig gebliebene mit Haus und Garten alleine zurechtkommen muss".

Ich unterdrücke den Hinweis, dass die Situation eigentlich schon da ist, denn durch ihre Krankheit kann sie sich kaum noch an den Arbeiten im Haus und im Garten beteiligen. Vermutlich ist das der wahre Grund ihrer Sorgen.

Wieder einmal bewahrheitet sich, dass ältere Ehepaare zur gleichen Zeit die gleichen Probleme wälzen. Ich gestehe Ingrid, dass auch in mir schon seit geraumer Zeit solche Sorgen kreisen.

Und so reifte in uns die Überzeugung, unser Haus zu verkaufen und eine Wohnung zu suchen, möglichst in Weilheim. Immerhin gingen wir beide auf die 75 zu und kämen dort eines Tages auch ohne Auto zurecht.

Seit unserem gegenseitigen Outing fallen Vernunft und Emotionen auseinander. Das Leben zurückbauen, alte Bäume verpflanzen, Abschied nehmen, loslassen – nicht gerade eine verlockende Perspektive. Was sooo vernünftig ist, verkeilt sich im Strom der Gefühle. Die Richtungsänderung des Lebensvektors um 180 Grad löst Drehschwindel aus.

Vor den Umzug setzen die Götter bekanntlich den Schweiß der Entrümpelung. Unsere jahrzehntelange Aufheberei „an sich nicht mehr gebrauchter" Dinge nimmt mittlerweile jeden verfügbaren Raum ein.

Wie der Efeu an der Hauswand wuchert überall unsere Vergangenheit, auch im Stauraum über der Garage. Den will ich mir als erstes vornehmen.

Um endlosen Diskussionen über jedes einzelne Teil aus dem Weg zu gehen, passe ich die Woche ab, während der Ingrid mit ihrer Mutter auf La Palma Urlaub macht.

Ich lehne die Leiter an die Garagenwand, steige hoch, löse das unversperrt eingehängte Vorhängeschloss, schwenke die Klappe über meinem Kopf zur Seite und sehe ... nahezu nichts. Ein, Gott sei Dank, verlassenes Wespennest und ein mit der Vorderkante bündig abschließender Umzugskarton versperren den Blick ins Innere.

Ich steige noch zwei Stufen höher und spähe in den offenen Umzugskarton. Durch die Staubschicht hindurch erkenne ich Knaurs „Die Welt in der wir leben" und „Die Welt in der wir leben werden", „Serengeti darf nicht sterben", „Das Erbe von Biörntal", „Und ewig singen die Wälder", „Jetzt helfe ich mir selbst" für den VW-Käfer und Taschenbücher aus „Fischers Weltgeschichte in 30 Bänden".

Vorsichtig schleife ich den Karton über die Kante auf mich zu, ducke mich zur Seite und ziehe ihn weiter ins Freie, bis er abkippt, von einer Staubwolke begleitet abstürzt und mit ohrenbetäubendem Lärm am Boden zerschellt.

Der Staub verzieht sich, der Blick in die Vergangenheit ist frei. Da ist das Zelt, in dem wir zum ersten Mal aneinandergeschmiegt unsere Zweisamkeit feierten, das Schlauchboot und der Außenborder, mit dem wir die Inselwelt Dalmatiens erkundeten, die für unser erstes Wohnzimmer selbstgebauten Sessel, Vorhänge, Teppichrollen, ein Bett samt Matratze, ein Kinder-Dreirad, eine Burg mit Zugbrücke und Felsen aus Korkeichen-Rinde, Federballschläger, gesprungene hölzerne Bocciakugeln, ein zerquetschtes Papiermodell von Neuschwan-

105

stein. Weitere Zeugen früherer Tage verlieren sich im Halbdunkel der Dachschräge.

Bewegungslos verharre ich auf der Leiter und starre in den Guckkasten unserer Vergangenheit. Jeder Gegenstand schlägt Funken in meinem Gedächtnis, im Zeitraffer huscht längst Vergessenes vorbei, die vielen Fundstücke streiten sich um meine Aufmerksamkeit.

An der Wand links von mir lehnen zusammengeklappt mehrere Campingstühle. Ich angle mir den mit bandagierter Lehne, klettere die Leiter runter, klopfe den Staub von Lehne und Sitzfläche, lass ihn aufschnappen und suche im Gras eine Stelle, wo er einigermaßen sicher steht, ohne mit mir in den Boden einzusinken.

Ich setze mich und sofort flimmern Bilder auf meinem inneren Bildschirm: Unsere erste gemeinsame Auslandsreise ging Anfang der Sechziger mit dem Käfer über den Brenner an den Gardasee. Ingrid, dieser Stuhl, die Campingausrüstung und ich. Noch bevor wir losfuhren, brach die Armstütze des Stuhles, als wir beim Packen die Fronthaube des Käfers mit aller Kraft gegen den Widerstand des Gepäcks einrasteten. Noch während des Urlaubs schienten wir den Bruch, wegen so einer Bagatelle warf man damals nichts weg.

Unser erster gemeinsamer Urlaub, verliebt, jedoch weder verlobt noch verheiratet, damals ein ziemliches Risiko, denn noch gab es ja den Kuppel-Paragraphen. Zum

Schein ein zweites Zelt aufgebaut und schon war der Platzwart zufrieden.

An dieser Stelle kann sich der Stuhl nicht mehr zurückhalten. Er vibriert unter mir wie ein Smartphone und mischt sich ein. „Ich erinnere mich ganz genau", behauptet er, „die meiste Zeit musste ich gelangweilt als Kleiderständer vor eurem Zelt rumstehen. Euer Gekicher geht mir heute noch auf den Wecker".

Unsere Eltern wunderten sich, dass wir trotz des ständigen Sonnenscheins so blass aus unserem Urlaub zurückkamen. Wir murmelten etwas von Kulturprogramm und Rundfahrten, was sie mit Stolz auf ihre gute Erziehung quittierten.

Viele Jahre musste der Stuhl, auf dem ich gerade einnicke, in der Dunkelheit des Stauraums über der Garage fristen. Jetzt nutzt er die Gelegenheit für weitere Enthüllungen. „Weißt du eigentlich", fährt er fort, „wie schwer meine Campingstuhl-Generation unter dem Wirtschaftswunder zu leiden hatte? Ohne jede Erschwerniszulage mussten wir euch Jahr für Jahr im wahrsten Sinne des Wortes ertragen. Von Jahr zu Jahr schwerer, Kilo für Kilo, bis eines Tages meine Sitzfläche riss. Damals hoffte ich, endlich in den Ruhestand zu dürfen, aber du hast mich in deiner Reparierwut wieder zusammengeflickt".

Mittlerweile dämmert es und ich beginne zu frösteln, doch der Stuhl, einmal in Fahrt, ist nicht zu bremsen. „Besonders unangenehm war", beteuert er, „dass ihr nach

107

dem Fall der Mauer nichts anderes zu tun hattet, als sofort mit mir zum Campingurlaub an die Ostsee aufzubrechen. Ihr hättet mich schon vorwarnen können. Den Schock, den der FKK-Urlaub in Prerow auslöste, hab ich bis heute nicht ganz verdaut. Bis dahin hatte ich keine Ahnung, wie unterschiedlich sich die Menschen anfühlen, wenn sie „ohne was an" in mir sitzen. Dieses blöde Gefühl, wenn sie sich, mir nichts dir nichts, auf meinen Sitz plumpsen lassen. Überall in meinen Gelenken dieser klebrige feuchte Sand, widerlich. Da war ich direkt froh, als mich einmal eine Windböe ins Meer wehte und ich nach deiner Rettungsaktion frisch gebadet im Zelt bleiben durfte."

Jetzt wird es mir aber langsam doch zu kühl, ich muss ja auch noch die herumliegenden Trümmer wegräumen. Also steh ich auf und dehne meine steifen Glieder.

Aber was mach ich mit dem Stuhl? Der ist mir so ans Herz gewachsen, so viele Erinnerungen kleben an ihm. Ich kann doch nicht so unbarmherzig sein und ihn dem sicheren Tod durch Zerlegen auf dem Schrottplatz ausliefern. „Nein", denke ich laut, „ich weiß schon. Du bekommst einen Ehrenplatz in meinem Zimmer".

Als der Stuhl das hört, knarrt er vor Freude. „Wann immer du bei mir vorbeikommst", verspricht er, „werde ich dir weitere Erinnerungen an unser gemeinsames Leben auftischen. Wir haben uns ja zum Beispiel überhaupt noch nicht über meine Karriere als Anglerstuhl unterhalten."

Ich räume auf und bin gespannt, wie das mit dem Entrümpeln weitergeht.

Hoffentlich beißt etz nix

Manfred Pfund

Ein heißer Augusttag Ende der 6oer Jahre. Ockergelb erobert die Landschaft, Saftgrün bläst zum Rückzug, das Wasser wird knapp. Allergiker fliehen vor der mit Staub und Pollen geschwängerten Atmosphäre an die Nordsee.

Wieder einmal fahren wir mit unserem Freundeskreis in den Urlaub auf unseren Lieblings-Campingplatz an der Küste Kroatiens. Der bei der Abfahrt in Fürth randvolle Tank ist leergefahren, laut der Regel meines Schwiegervaters fängt damit der Urlaub an. Bei mir funktioniert das leider nicht. Zuverlässig bewirft mich auch diesmal mein eingebauter Grübler mit seinem Mist:

Haustüre abgeschlossen?

Den Schlüssel zweimal umgedreht?

Die Zeitung abbestellt?

Die Haupthähne für Gas und Wasser zugedreht?

Die Heizungsanlage ausgeschaltet?

Alle Fenster geschlossen?

Dem Nachbarn verständlich erklärt, auf was er achten soll?

Mit Vorgesetzten und Mitarbeitern ausreichend geklärt, was während meiner Abwesenheit geschehen soll?

Am besten umkehren, aber das kann ich Ingrid nicht antun, ich weiß schon die Antwort: „Du bist doch verrückt, ich glaub, du spinnst, jedes Mal das Gleiche mit dir."

So erspare ich uns diese Runde und stopfe meinem Grübler das Maul.

Schon damals muss es autonom fahrende Autos gegeben haben. Ich sitze am Steuer, gerade bewältigen wir von Belgrad kommend die kurvenreiche Straße zur Küste. Aber in Gedanken sitze ich weit voraus am Ufer des Vraner Sees. Vielleicht klappt es ja heuer mit dem Fisch meines Lebens. Auf's Angeln weitab jeder Zivilisation freue ich mich immer schon das ganze Jahr.

Plötzlich reißt mich Ingrid aus meinen Träumen: „Pass doch auf, wo hast du denn schon wieder Deinen Kopf, du musst doch nicht jedes Schlagloch mitnehmen!"

Ich möchte ihr die Ferienlaune erhalten, unterdrücke den wahren Inhalt meiner Tagträumerei und murmle etwas von Gegenverkehr und einer Katze ausgewichen und bei dem Sonnenstand kaum zu erkennende Schlaglöcher.

Ingrid droht, sich ans Steuer zu setzen. Sofort richtet sich meine Aufmerksamkeit wieder ausschließlich auf die Straße.

Je näher wir unserem Ziel kommen, desto schmaler werden die Straßen, als müssten wir uns in den Urlaub durch einen Trichter zwängen. Felder mit Sonnenblumen und Artischocken säumen die Küstenstraße. Und alle paar Kilometer am Straßenrand ein Lokal mit einem sich auf einem Holzkohlengrill drehenden Spanferkel, an dessen Bräunungsgrad man die Uhrzeit ablesen kann. Beim Vorbeifahren schießt mir jedes Mal ein Schwall aus Bratenduft und Holzkohlenrauch ins Hirn und vernichtet alle guten Vorsätze von gesundem fleischlosen Essen. Das Wasser läuft mir im Mund zusammen, eine unwiderstehliche Kraft zieht mich zu den im Schatten der Weinlauben sitzenden Gästen. Nützt nichts, wir müssen weiter.

Das Ziel rückt immer näher. „Hast du gerade das Schild gesehen, nach fünf Kilometern geht's rechts ab zum Campingplatz".

Ich schlucke die in meinem Mund angesammelte Flüssigkeit runter.

Gut, dass Ingrid früher einmal bei den Pfadfindern war, wegen ihr hätte man das Navi nicht erfinden müssen.

Kurz darauf biegen wir von der Küstenstraße ab auf das Sträßchen, das uns mitten hinein ins Urlaubsparadies leitet.

Der Campingplatz liegt direkt am Meer in einem Pinienwald neben dem kleinen Küstenort Pakostane. Nach der langen Anfahrt über staubige Straßen tauchen wir in den Wald ein, der uns jedes Mal von neuem mit seinem

Duftcocktail berauscht, den das Harz der Pinien, die bunten Blumen und Sträucher, der Waldboten und die leichte Prise vom nahen Meer zusammenmixen. Vielleicht schule ich um zum Luftsommelier. Dazu der knisternde federnde Waldboden und das Willkommenskonzert der Vögel und der Zikaden, schon verziehen sich die mitgefahrenen Probleme in weite Ferne. Sehen, Hören und Riechen verschmelzen zum Synonym für Urlaub.

„So ähnlich muss es im Paradies sein", äußert unser Freund Friedrich, der das als Pfarrer ja wissen muss. Ich lehne an einem Baum und krieche in die Atmosphäre hinein, möchte mich in ihr auflösen. Wieder einmal einer dieser Momente zur Ablage in meinem inneren „Augenblicke-Archiv", jederzeit abrufbar, um sie wieder zu erleben, wehmütig oder dankbar oder beides.

„Wo bauen wir unser Zelt auf?" holt mich Ingrid in ihre Wirklichkeit zurück. Wir schlagen die Zelte ähnlich einer Wagenburg im wilden Westen auf. Nur die frisch Verliebten bevorzugen einen etwas größeren Abstand.

Heute noch drängt aus dem Meer der Erinnerungen an diesen Urlaub, immer wieder ein besonderes Angelerlebnis in mein Bewusstsein.

Das Verständnis der Mitgereisten ist in aller Regel nicht allzu groß, wenn ich am Abend unbedingt mit Friedrich zum Angeln muss. Friedrichs Ditta denkt dann oft ziemlich laut: „Eigentlich wollte ich meinen Friedrich einmal ganz für mich alleine haben und jetzt muss ich ihn doch wieder mit so vielen Leuten teilen". Wir gehen mit großem Verständnis darauf ein, müssen sie aber wegen des Sachzwangs in Sachen Zweisamkeit auf später vertrösten: „So eine Gelegenheit zum Angeln bietet sich vielleicht nie wieder. Andererseits könnt ihr doch sicher noch oft alleine Urlaub machen".

Auch an diesem Tag geht das Frühstück nahtlos in eine unendliche Ratscherei über. Eine gefühlte Stunde später macht sich die mit Sonnenschutz einbalsamierte Kohorte endlich auf den Weg zum Strand. Für mich die Gelegenheit zur diskreten Vorbereitung des abendlichen Angelausflugs. Einheimischen hab' ich abgeschaut, wie man eine halbgare Polenta kocht, nachweislich der beste Angelköder zum Fang der großen wehrhaften Wildkarpfen aus dem Vraner See.

So ab 17:00 Uhr werde ich unruhig. Jetzt beginnt die entscheidende Phase. Ich frage in die vom Strand zurückgekehrte Runde hinein: „Wie wär's heute Abend mit einem Doppelkopf-Turnier, wenn wir schon einmal so schön zusammen sind?". Mein Vorschlag stößt auf einhellige Zustimmung, wahrscheinlich sind sie von der vielen Sonne zu schlapp für eigene Gedanken. Jetzt fällt Friedrich und mir auf, dass wir dann doch etwas viel wären und erklären uns großzügig zum Verzicht bereit. Denn es sei doch doof, wenn immer wieder Spieler reihum aussetzen müssten.

114

Und so akzeptieren schließlich alle mit großem Bedauern, dass wir beide notgedrungen etwas anderes unternehmen müssen. Jahre später gestand mir Ingrid, dass alle längst Bescheid wussten und sich insgeheim feixend auf diese Spielchen einließen. Mit traurig eingefärbter Stimme schlage ich vor, wir könnten ja notfalls zum Angeln gehen. Ingrid hebt den Kopf und blickt etwas misstrauisch drein: „Des wundert mich aber jetzt, dass ihr so spontan aufbrecht. Habt ihr überhaupt schon Köder?" Womöglich wundert sie sich auch darüber, dass das Angelzeug einschließlich Fliegenschutzmittel und Taschenlampen bereits im Auto von Friedrich verstaut ist. Wahrscheinlich hat sie auch schon längst den Topf mit den am Boden angebrannten Polenta-Resten entdeckt.

Wir fahren los und biegen nach wenigen Kilometern von der Küstenstraße in einen Wiesenweg ab, der am Rande eines kleinen Kanals zum See führt. Mit jedem Meter verflüchtigt sich der vom erhitzten Asphalt der Straße aufsteigende stickige Geruch und macht einer herrlich erfrischenden Prise vom See her Platz. In der Nähe des Ufers halten wir an, packen unsere Angelruten aus, versehen die Haken mit ansehnlichen Polenta-Klößchen und werfen die Köder aus. Die Angelruten legen wir auf die in den Boden gesteckten Astgabeln und öffnen die Schnurfangbügel, damit die anbeißenden Karpfen den Leckerbissen ohne Widerstand aufnehmen und das Weite suchen können, was dann den auf diesen Moment lauernden Angler auf den Plan ruft.

Wir klappen unsere Stühle auf, stellen Getränke und Taschenlampen in Griffweite, machen es uns bequem und wünschen uns gegenseitig Petri Heil. „Vergiss nicht, den großen Kescher griffbereit zwischen uns zu legen", erinnert mich Friedrich. Beinahe hätte ich das Wichtigste vergessen. Denn ich hatte mir ja vor diesem Urlaub einen extra großen Kescher zugelegt. Aber jetzt ist die Arbeit getan, jetzt heißt es nur noch warten, bis die großen Karpfen anbeißen und im Kescher zappeln.

Ein herrlich warmer, nicht zu schwüler Sommerabend. So schön, dass wir uns instinktiv nur noch sehr leise unterhalten. Je dunkler es wird, desto weniger sprechen wir miteinander, bis wir nach einiger Zeit völlig verstummen. Als einziges Geräusch begleitet uns das gemütlich zwischen den Steinen glucksende Wasser. Ab und zu mäandert eine Schlange an der Wasseroberfläche, wir erklären sie für ungiftig. Hoffentlich hat sie es nicht auf die in der Ferne vorüber ziehende verspätete Entenfamilie abgesehen.

Jeder hängt seinen Gedanken nach. Kein Lüftchen bewegt die spiegelblanke Oberfläche des Wassers, in der sich Mond und Sterne spiegeln. Alle Hektik fällt von uns ab. Gelegentliche Platscher erinnern uns daran, dass da ganz schöne Kawenzmänner unterwegs sind und hoffentlich bald unsere Köder entdecken.

Oder vielleicht lieber nicht? Denn als ich schon meine, Friedrich sei längst eingeschlafen, spricht der leise in diese unendliche Ruhe hinein:

„Hoffentlich beißt etz nix"

Wiedersehen im Museum

Manfred Pfund

Noch im hohen Alter fordert die Erziehung seiner Mutter ihren Tribut.

„Alles muss Sinn machen", bläute sie ihm ein, „des muss was bringen, sonst is des nix". Etwas „nur so zum Spaß" zu tun lag außerhalb ihrer Welt und würde noch ihre Asche in der Urne aufwirbeln.

So hat er sich auch für seine regelmäßigen Fahrten nach München eine Entschuldigung zurecht gelegt: „Ich brauch das", hält er seinem schlechten Gewissen entgegen, „zum geistigen Auslüften, sonst fällt mir die Decke auf den Kopf". Immer wieder einmal ausbüxen, der seit seiner Kindheit oft genutzte Notausgang.

Noch während er im Zug nach München sitzt, hellt sich seine Stimmung auf, wandelt sich seine depressive Niedergeschlagenheit in eine Aufbruchstimmung, in Zuversicht und frohe Erwartung. Per Auto gelingt ihm das nicht, da fährt wahrscheinlich zu viel mit.

Vom Hauptbahnhof aus lässt er sich mit dem Menschenstrom in Richtung Innenstadt treiben. Der letzte Rest des mitgeschleppten Ballasts löst sich auf wie Würfelzucker im Wasser. Ist er besonders gut drauf, verhilft er frontal mit gesenktem Kopf auf ihn zukommenden Mitmenschen zur Erkenntnis, die schon Aristoteles postulierte: „Wo ein Körper ist, kann kein anderer sein."

Am Stachus schert er aus dem die Innenstadt flutenden Strom aus und biegt links zum Alten Botanischen Garten ab. Er liebt diesen Umweg zum Lehnbachhaus, der besonders im Sommer eine stark entschleunigende Wirkung auf ihn ausübt. Der alte Baumbestand, die bunt blühenden Blumenrabatte, die vielen für Sonnenanbeter und Schattenliebhaber geschickt verteilten Bänke, die mit den skurrilsten Gestalten aller Altersgruppen bevölkerten Liegewiesen und der Biergarten, den er sich allerdings für den Rückweg aufspart. Zuerst der geistige, dann der leibliche Genuss.

Wie viele Münchner fühlt er sich im Lehnbachhaus wie in seinem zweiten Zuhause. Zuerst schaut er bei seinen aktuellen Favoriten vorbei, betankt seinen emotionalen Speicher mit dem feurigen Rot Rupprecht Geigers, setzt sich dem fixierenden Blick des Tigers von Franz Marc aus, genießt die kleinen impressionistischen Bilder des Frühwerks von Kandinsky, hält Andacht im Raum von Josef Beuys' Installation „Zeig her deine Wunden" und redet sich erfolgreich ein, er brauche jetzt unbedingt einen Cappuccino und ein Gespräch mit Gleichgesinnten.

Eine halbe Stunde später rafft er sich auf und setzt seinen Rundgang fort, gespannt auf den Raum mit der neuen Hängung, von dem er in der Zeitung gelesen hatte.

Dort will er sich zuerst einen Überblick verschaffen und steuert die inmitten des Raumes platzierte Bank an.

Nachdem er einige Zeit im Katalog geblättert hatte, legt er ihn zur Seite und hebt den Kopf. Augenblicklich erfasst ihn ein Schauer, den er bis heute nicht in Worte fassen kann. Reglos auf der Bank sitzend starrt er in das Gesicht eines Jungen, der ihn seinerseits durchdringend anstarrt. Ihre Blicke bohren sich ineinander, bis er begreift: Der Junge, der da vor ihm steht, mit vor Angst und Schrecken geweiteten Augen und zum Schrei geöffneten Mund, aus dem kein Laut kommt, das ist er selbst in dem Alter, in dem er seinen Vater verlor. Von einem ihm bisher unbekannten Holz-Bildhauer geschaffen.

Jetzt löst er seinen Blick und nimmt wahr, dass der Junge vor einer Wand steht. Direkt hinter ihm hängt ein Ölgemälde. Dessen sehr breites schmales Format ist ausgefüllt mit einem gefallenen Soldaten, der sich im Stacheldraht verfangen hat.

Lange betrachtet er die Szene, kann seinen Blick nicht abwenden. Da steht der stumm klagende Junge vor seinem erschossenen Vater, der sein Leid in die Welt hinausschreit. Der dreidimensionale Schrei von Edward

Munk, stellvertretend für eine Generation, die ohne Vater leben muss. Dieser Junge ist er selbst, der Soldat auf dem Gemälde an der Wand sein Vater, der zwei Wochen vor dem Ende des Zweiten Weltkriegs fiel, da war er gerade vier Jahre alt.

Nach längerem Hinsehen erkennt er, dass der Maler eine Szene aus dem ersten Weltkrieg darstellte. Zur Abschreckung und zur Mahnung „Nie wieder Krieg". Aber er weiß, dass sich die Geschichte bereits wiederholt hatte.

Ihm fällt der Spruch auf der Mauer des Soldatenfriedhofs in Treuchtlingen ein, wo sein Vater seine letzte Ruhe fand:

„Den Toten zum Gedenken, den Lebenden zur Umkehr".

Seit dieser ersten Begegnung besuchte er den Jungen und seinen gefallenen Vater immer wieder. Zur Zeit sind die beiden dort nicht zu sehen. Er vermisst sie sehr und hofft, sie bald wieder anzutreffen.

Scheiß - Art

Manfred Pfund

„Herrschaftszeiten noch einmal, das passt ja wieder mal wie die Faust auf's Aug!"

Sportschau ade.

Er stiert durch die Windschutzscheibe, beugt sich vor bis zur Airbag-Abdeckung des Lenkrads und will nicht glauben, was sich da vor ihnen abspielt.

„Verdammt! Ich hab's doch gesagt, nur fünf Minuten früher zum Biergarten raus und wir wären längst durch!"

Keine Reaktion.

„Dir macht das wohl wieder überhaupt nichts aus oder was?"

Immer noch keine Reaktion.

Außer regelmäßigen, von leisem Röcheln und gelegentlichen Seufzern begleiteten Atemzügen. Aber behaupten, dass sie nicht schnarcht. Schad, dass ich kein Mikro dabei hab.

Auch Sebastian schläft, füllt wie ein Schluck Wasser schräg in seinem Kindersitz hängend den Rückspiegel aus.

Aggressiv aufgeladen bringt er den Wagen gerade noch vor einer Frau mit grauer Kleiderschürze und viel zu großen Gummistiefeln zum Stehen, die eine rote Fahne schwenkend mit dem Rücken zu ihnen auf der Straße steht und den Straßenverkehr anhält.

„Was is los, sind wir da? Ich glaub ich hab geschlafen", wispert es von rechts.

„Papa, sind wir da? Ich muss dringend aufs Klo", kommt's von hinten.

„Ach Gott, Hilfe, was ist denn das, geht ihr gleich weg?" Die beiden Kühe, die ihre Schädel durch's offene Fenster der Beifahrerseite hereinstrecken und die Kühle der Klimaanlage genießen, fühlen sich von seiner Frau nicht angesprochen.

Er betätigt den Schließmechanismus des Fensters in kurzen Intervallen, bis sie aufgeben und sich zu ihrer Herde trollen.

Auch das Gehämmer mit beiden Fäusten auf's Lenkrad bringt nichts. Untätig müssen sie zuschauen, wie die Herde vor ihnen her Richtung Dorf trottet. Dass sie dabei die Straße in eine glitschige Rutschbahn verwandelt, nimmt er jedem einzelnen Vieh persönlich übel.

„Scheiße Scheiße Scheiße, kann mir einer verraten, zu was ich gestern in der Waschanlage war?"

Keine Reaktion.

Nicht zu glauben, die sind schon wieder eingeschlafen.

Während er der Herde im Schritttempo folgt und sich das Ende der Kolonne im Rückspiegel am Horizont verliert, zieht ein perfekt gestylter Mountainbiker zügig vorbei.

„Warum hupst du denn den so an, der hat dir doch nichts getan!"

Aha, sie ist wieder wach.

„Weil der uns mit dem groben Profil seiner Reifen die ganze Scheiße aufs frisch gewaschene Auto spritzt«, platzt er heraus. »Du musstest ja unbedingt ein weißes Auto haben!"

Während seine Frau neben ihm noch über das passende Kontra nachsinnt, entspannt er sich plötzlich.

„Ha ha ha, das hat er jetzt davon, grad hat der noch ausgschaut wie aus dem Katalog vom Sport-Conrad ausgeschnitten, jetzt kannst ihn von den Kühen nicht mehr unterscheiden. Recht gschieht's ihm, ein sündteures Rad und kein Geld für ein Schutzblech."

Tatsächlich ziert den Mountainbiker ein breiter dunkler Streifen vom Sattel bis zum Scheitel. „Ein toller Kontrast, macht sich gut auf dem rosa Renntrikot", feixt er.

Am Dorfeingang verkrümelt sich die Herde in den Stall des ersten Hofes. Er drückt das Gaspedal durch und kriegt prompt die Bestätigung: Kein Smiley heute vom

Geschwindigkeitsanzeiger am Straßenrand, auch schon wurscht.

Daheim spritzt er das Auto mit dem Gartenschlauch ab. Soll doch sein sogenannter Nachbar wieder meckern, dieser grüne Ökopolizist.

Bevor er wieder einigermaßen genießbar ist, muss er unbedingt noch eine Runde joggen. Wieder zu Hause kommt er gerade noch zum Wetterbericht am Ende der Tagesschau zurecht. Die Fußballergebnisse sind schon durch und mit ihnen die mühsam aufgebaute gute Laune.

Der flotte Mountainbiker Felix wohnt ein Dorf weiter. Stolz über die auf seinem Fitness-Konto angesammelten Höhenmeter schlüpft er ermattet aber zufrieden aus den noch in die Pedale eingerasteten Schuhe, die sich nicht aus dem mit Kuhscheiße blockierten Mechanismus lösen lassen.

Er schleicht zum Kühlschrank, greift sich eine Dose Redbull, geht ins Wohnzimmer und lässt sich ermattet auf sein geliebtes weißes Designer-Ledersofa fallen, das sie schließlich allen Einwänden Emmas in Sachen Empfindlichkeit zum Trotz anschafften.

Die Beine auf dem herangezogenen Hocker ausgestreckt genießt er zufrieden mit der Welt das wunderbare Gefühl , wieder einmal über sein Limit gegangen zu sein.

Nach einiger Zeit holt er sich noch eine Dose, rückt den High-Tech-Fernsehsessel zurecht, fährt die Fußstütze in die Horizontale und die Rückenlehne so weit nach hinten, dass er gerade noch den Bildschirm sieht.

Nach den Sportberichten schlurft er ins Bad, verteilt seine verschwitzten Klamotten auf dem Boden und lässt unter der Dusche das heiße Wasser auf sich prasseln.

Ah, das Leben ist schön, tut das gut.

Schön, dass Emma noch mit Ihrer Freundin unterwegs ist. Sie wär ihm sicher wieder den ganzen Abend als Aufpasserin nörgelnd hinterhergelaufen. Wenn sie zurückkommt, wird er längst schlafen.

Schon im Halbschlaf schleppt er sich ins Schlafzimmer, fällt wie ein Stein ins Bett und schläft sofort ein.

Heute schrillt der Wecker aber besonders laut. Oder träumt er noch? Gähnend reibt er sich die Augen und traut ihnen nicht. Emma kniet neben seinem Bett und hält ihm den Wecker direkt ans Ohr.

„Hör auf damit, spinnst du? Was soll das, heut ist doch Sonntag, ich will ausschlafen, schließlich war ich gestern auf großer Tour. Übrigens, wie war's bei Dir?"

Was ist der denn über die Leber gelaufen? So grantig ist sie doch sonst nicht, wenn sie mit ihrer besten Freundin unterwegs war.

„Hauptsache du hattest deinen Spaß, jedenfalls wünsche ich dir noch einen schönen Sonntag", übertönt sie den Wecker.

Peitscht ihm sein verschmutztes Fahrradtrikot übers Gesicht.

Verfehlt mit dem Wecker nur knapp seinen Kopf.

Springt auf in Richtung Garderobe.

Schlüpft in ihre Stiefel.

Reißt die Umhängetasche vom Haken und stürmt zum Haus hinaus.

„Was ist denn los mit dir?", ruft er ihr hinterher, aber da hat sie schon die Haustüre zugefeuert.

Er springt aus dem Bett, rennt zum Fenster und sieht gerade noch das Auto mit quietschenden Reifen um die Kurve schlingern.

Hoffentlich kommt sie ganz zurück, denkt er, so kenn ich sie ja gar nicht, so geht sie doch sonst nicht aus dem Haus. Ungeschminkt, mit wild wie ein Vorhang um den Kopf hängenden Haaren. Die Kleider passen überhaupt nicht zusammen, von den Stiefeln ganz zu schweigen.

Er schleicht durch die Wohnung. Irgendwie riecht's hier nach Stall, was ist denn da passiert?

Das stinkende Trikot in der Hand, entdeckt er auf den Rückenpolstern des Sofas und des Fernsehsessels breite dunkle Streifen.

Langsam dämmert's ihm.

Da war doch der Alte im Auto, der ihn so zornig anhupte und den Stinkefinger zeigte, als er sich an ihm vorbei durch die Kuhherde schlängelte. Auf der Fahrt durch die flächendeckend auf der Straße verteilten Kuhfladen muss er sein Trikot eingesaut haben, so eine Scheiße.

Die Streifen auf den Polstern decken sich tatsächlich mit dem Streifen auf seinem Trikot. Offensichtlich hatte er sich als Drucker betätigt.

Soweit er sich erinnert, ließ er später total groggy im Bad seine Sportklamotten auf den Boden fallen und kroch nach der Dusche ins Bett.

Aber deswegen braucht sie sich doch nicht gleich so aufzuregen! Was hat sie denn, es ist doch gar nichts passiert!

Gut, es stinkt momentan ein bisschen nach Stall und die Streifen auf den hellen Polstern sind auch nicht besonders schön. Aber heutzutage gibt es doch für alle Flecken die richtigen Entferner.

Während er auf der noch sauberen Hälfte des Sofas lümmelt und sich die Taktik für die unausweichliche Aussprache zurechtlegt, sperrt jemand die Haustüre auf. Das muss Emma sein, die Putzfrau kommt erst am Dienstag. Aber da ist noch jemand dabei. Die Stimme kennt er doch?

Emma erscheint mit ihrer Freundin Sofia im Türrahmen. Lustig, er muss ein Lachen unterdrücken. Sofia gibt wie immer ein lebendes Kunstwerk aus ihrer Galerie. Emma sieht als Kontrast dazu aus wie ein gerupftes Huhn.

Er stemmt sich hoch und will Sofia begrüßen, da legt Emma schon los.

„Schau dir das an, da soll ich mich nicht aufregen? Und wie das stinkt!"

„Moment mal", übernimmt Sofia, „wie ist das Ganze denn entstanden?"

Während beide völlig unterschiedlich eingefärbte Berichte liefern, gehen bei Sofia alle Scheinwerfer an.

Nach genau sowas hielt sie bisher seit Jahren vergeblich Ausschau.

Ein Schauer der Begeisterung erfasst sie.

Stark, eine neue Kunstrichtung ist geboren!

Jetzt muss sie nur noch die beiden überzeugen.

„Lasst bitte bitte im Moment alles so wie es ist", fleht sie.

Ratlos starren sie Sofia mit tief gefurchter Stirn und Hast-du-sie-noch-alle-Fragezeichen aus ihren, zu schmalen Schlitzen verengten, Augen an. Sie hat ja schon viele skurrile Dinge angestellt, aber jetzt verstehen sie nur noch Bahnhof.

„Hört mir mal in Ruhe zu. Lasst uns das mal Schritt für Schritt aufdröseln."

„Also, lieber Felix, ich kann's nicht anders sagen: Du hast eine neue Seite im Buch der Performance Art aufgeschlagen."

„Was?", entfährt es Emma und Felix gleichzeitig, „diese Sauerei soll Kunst sein?"

„Ihr müsst das so sehen: Du, Felix, nutzt den Prozess nach Performance Art, indem du, in offener künstlerischer Präsenz handelnd, die streng gehüteten Grenzen zwischen Natur, Mensch und Tier niederreißt. Indem du visionär als Zwischenwirt die, in der Natur abgelegten, Tier-Absonderungen in den menschlichen Wohnraum transferierst, verschmilzt du Natur, Stall und Wohnung zu einer Einheit.

Das ist Performance Art in absoluter Vollendung, um die sie uns in den Kunstszenen in Berlin, Wien, Hamburg, Basel und Köln beneiden werden.

Wir müssen uns sofort die Marke „Overland Performance Art of Integration" schützen lassen.

Dazu kommen die idealen Voraussetzungen zur Dokumentation per Video, Fotografie und Druck. Dein Trikot als Original-Druckstock und die bedruckten Polster als Original-Drucke erlösen im Kunsthandel einschließlich meiner 40 Prozent locker eine neue Wohnungseinrichtung für euch."

Emma und Felix sitzen wie erschossen auf dem Boden. Sessel und Sofa sind ab sofort als Kunstwerke tabu. Sofia schenkt ihnen Wasser ein, aber sie brauchen jetzt erst einmal einen Doppelten, egal welchen, mindestens 40 Prozent.

„Jetzt mal ganz ehrlich, Sofia, du verarscht uns doch, oder?"

„Was denkt denn ihr, die Sammler sind verrückt nach solchen Innovationen."

„Und wie geht's jetzt weiter?" will Emma wissen.

„Wir nutzen den Viehabtrieb für unsere erste öffentliche Performance. Ihr werdet sehn, das wird ein echter Knaller. Mit den Bauern komme ich schon klar. Felix, du müsstest halt deine Sportkollegen aktivieren. Ansonsten könnt ihr alles mir überlassen, ich hab ja die Connections zu den Medien und den Sammlern. Also was ist, schlagt ein!"

Noch betäubt recken sie ihr die Hände entgegen. Sie könnten sicher unter Geltendmachung temporärer Geschäftsunfähigkeit noch vom mündlich abgeschlossenen Vertrag zurücktreten.

Sie tun es nicht.

Und so kommt es beim Viehabtrieb zur ersten international beachteten öffentlichen Performance im Oberland. Die Trikots und die bedruckten Polster sind die Renner bei den Sammlern. Erste Fälschungen wurden bereits per DNA-Test erkannt und aus dem Verkehr gezogen.

Die Lizenzanfragen aus dem In- und Ausland stapeln sich auf Sofias Schreibtisch. Um seiner Berufung als Performance-Artist gerecht zu werden, kündigte Felix seinen Job. Er sucht nur noch einen Künstlernamen.

Wieder einmal bewahrheitet sich, dass die Oberbayern verstehen, aus Scheiße Geld zu machen.

Wertstoffhof für Gedanken gesucht

Manfred Pfund

Mein Gedächtnis läuft aus.

Überall in meiner Wohnung liegen und hängen Zettel und Blöcke mit ausgekotzten Gedanken herum. Brutal – überfallen mich ohne jede Vorwarnung, kümmern sich einen Dreck um meinen geplanten Tagesablauf, vermehren sich wie die Karnickel und reißen die Herrschaft an sich.

Manche machen hässliche Flecken. Du kriegst Entferner für Flecken von Kugelschreiberpaste, Tinte, Farben, Fett, Rotwein, Kaffee, Ketchup, Kakao, Obst und was sonst noch alles, aber keine zur Entfernung hartnäckiger Gedanken.

Entferner für Gedankenflecken – Fehlanzeige.

Kaum hab' ich ein Zimmer aufgeräumt und die Gedan-ken-Zettel im Abfallsack verstaut, stolpere ich im nächsten schon wieder über die gleichen Gedanken.

Bleibt als letzte Hoffnung der Wertstoffhof. Der Müll-werker am Eingang findet allerdings in seiner Liste keine Rubrik für Gedankenabfälle. Auch zur Deklaration als Sondermüll sieht er keine Möglichkeit. Er stimmt zu: Angesichts der unendlich vielen Gedanken ist es eine Ge-dankenlosigkeit, sie so unkontrolliert durch die Gegend schwirren lassen. Er will sich drum kümmern.

Einmal in die Welt gesetzte Gedanken sind einfach nicht klein zu kriegen. Eigentlich hätte ich es wissen müssen. Bei der Bücherverbrennung ging der Schuss ja auch nach hinten los. Längst hatten sich die Gedanken, die sie vernichten wollten, in die Gehirnen der Menschen einge-nistet und überlebten bis heute.

Gedanken sind unbrennbar.

Bleibt also nur noch die Entsorgung über ein Zwischen-lager. Also in Texte einschmelzen und ab in meinen extra dafür beschafften Entsorgungs-Stick. Aber auch das wol-len sie sich auf Dauer nicht bieten lassen. Einige sind schon ausgebrochen und knallten mir die Forderung ih-rer Mitgedanken, mit denen sie sich solidarisierten, auf den Tisch. Als Gedankenflüchtlinge gelten schließlich auch für sie die durch die Bundesrepublik Deutschland den Menschenrechten gleichgestellten Gedankenrechte. Sie fordern unverzüglich Asyl, zumindest Duldung bis zur endgültigen Anerkennung. Mittlerweile müsse ich doch kapiert haben:

Einmal geborene Gedanken sind nicht mehr aus der Welt zu schaffen.

Tränen der Nacht

Gisela Westenkirchner

Tränen der Nacht
benetzen jeden Halm, jedes Blatt -
manch süßer Traum
flüchtet
in den Vogelzwitscherbaum-
Sonne kugelt rotgolden
am fernen Horizont –
Abschied nimmt die Nacht -
ein neuer Tag erwacht.

Was hast du getan?

Gisela Westenkirchner

Oh Mann, was hast du getan?
Sieh mich an
sieh meine Not
meinen Gram-
hast meine Wünsche zertreten-
meinen Träumen die Flügel gestutzt-
meine Gedanken in Deine Bahnen gelenkt-
nun endlich erhebe ich mich
fasse Mut und werde ich selbst!

Ende und Anfang

Gisela Westenkirchner

Du an meiner Seite
schmeichelnd Dein Duft
die Wärme Deiner Hände
auf meiner Haut –
zärtliche Worte
wir Zwei auf ewig –
im Morgenlicht
Leere neben mir
kalter Rauch in der Luft
Dein Abschiedsgruß –
Du Dampfplauderer –
auf und davon wie so oft –
aber keine Träne
wein' ich Dir nach –
bin jedesmal stark und frei
für ein Neues
und für Dich.

Kurzweil

Gisela Westenkirchner

Kurzweil
du Luftgeist
mit federleichten Füßen –
treibst mich
durch die Tage –
läßt mir Flügel wachsen –
läßt mich Perlensammler werden.

Sieger ist...

Rosemarie Benke-Bursian

Tanja saß auf der Fensterbank im Gang zum Klassenraum der 9b. Sie beobachtete ihre Freundinnen Cynthia, Jessika und Sophie, die ein Plakat an der Wand gegenüber studierten.

„Na, habt ihr euch schlau gemacht?" fragte Tanja, als die drei zu ihr herüberkamen, und schlürfte ihre Saftpackung leer.

„Hast du das gelesen?" fragte Sophie

„Nee, was gibt´s da? Einen neuen Mathewettbewerb für Hochbescheuerte?" Tanja drückte ihre Packung platt.

„Wettbewerb ist gar nicht so daneben", grinste Cynthia, „allerdings in Tanzen."

Tanja warf die platte Pappe Richtung Mülleimer und traf hinein. „Tanzwettbewerb? Machst du Witze?"

„Nein, wirklich. Da ist ein Tanzwettbewerb ausgeschrieben. Heute in zwei Monaten. Zeit genug, sich vorzubereiten." Sophie schien bereits Feuer gefangen zu haben.

„Wollt ihr da etwa mitmachen?"

„Warum denn nicht?" Jessika hatte sich neben Tanja auf die Fensterbank gesetzt und biss herzhaft in ein Pizzastück.

„Ist doch mega uncool. Und langweilig. Ey, Leute, schickt eure Eltern oder Großeltern dahin und lasst uns, was anders machen."

„Ach komm, Tanja, man kann dabei tanzen, was man will auch Contemporary Dance." Jessika stupste Tanja freundschaftlich in die Seite.

„Contemporary Dance." Tanja zog die Nase kraus. Nur weil du es englisch aussprichst wird es nicht spannender."

„Wir könnten wieder in die Musical-Jazz-Tanzgruppe gehen und eine moderne Choreographie einstudieren ..." Jessica ließ nicht locker.

„Jazztanzgruppe. Ich hör wohl nicht recht. Wisst ihr nicht mehr, wie ätzend das war?"

„Jetzt haben wir aber ein Ziel." Sophie versuchte, sich auf der anderen Seite von Tanja auf die Fensterbank zu quetschen. „Wie wäre es mit Urban Dance. Das ist wirklich cool."

„Ihr habt das wohl schon beschlossen, was? Na, dann viel Spaß."

„Mensch Tanja, sei keine Spielverderberin. Jazztanz oder Urban Dance zu dritt ist blöd." Cynthia schaute ihre Freundin stirnrunzelnd an.

Doch Tanja wollte nicht. Dieser Tanzwettbewerb brächte nur zusätzliche Verpflichtungen. Nicht genug, dass sie zweimal die Woche nachmittags Unterricht hatten, sie musste auch ganz schön kämpfen, damit sie in Latein und Mathe nicht weiter abrutschte, sonst drohten Nachhilfestunden, oder sogar eine Ehrenrunde. Wo blieb da noch Zeit für Musik hören, Freunde treffen, Party machen? „Ich mach da nicht mit und wenn ihr euch den Mund wundlabert."

Die Freundinnen wollten nicht so schnell aufgeben, suchten immer neue Argumente. Schließlich stand Tanja genervt auf und deutete Richtung Plakat. „Da, fragt doch Bette, die fette. Die scheint sich ja sehr dafür zu interessieren. Steht jedenfalls schon die ganze Zeit davor, als müsse sie jeden Buchstaben einzeln entziffern. Dann seid ihr zu viert. Übrigens beginnt gleich Mathe, hat jemand von euch die Hausaufgabe kapiert?"

„Sag nicht ständig Bette, die fette." Cynthia schaute Tanja jetzt streng an.

„Soll sie doch weniger fressen." Tanja zuckte die Achseln. „Und nimm deine Falten aus dem Gesicht, ist halt meine Meinung. Geh, frag sie, ob sie Bauchtanz mit euch macht, da macht sie bestimmt ne gute Figur." Sie drehte sich um und ging in Richtung Klassenzimmer, bemerkte aber noch wie ihre drei Freundinnen tatsächlich mit Bette redeten.

Die nächsten Wochen wurden für Tanja schier unerträglich, denn alle Freunde und Bekannten ließen sich nach und nach auf den Wettbewerb ein. Sogar die sonst so tanzmuffeligen Jungs waren plötzlich interessiert. Ein paar hatten eigens dafür eine Urban-Dance-Hiphop-Gruppe gegründet, manche taten einfach nur geheimnisvoll.

„Ihr macht wohl Ballett", frotzelte sie. Im Stillen bereute sie längst, dass sie den Freundinnen abgesagt hatte. Doch jetzt war es zu spät. Jetzt probten sie mit der fetten Bette und schienen sogar Spaß dabei zu haben. Das ließ ihr keine Ruhe, irgendetwas musste sie tun.

Bald hatte sie ein paar Jungs gefunden, die gerne die Konkurrenz ausschalten würden und für die eine tanzende Bettina sowieso eine Lachnummer war. Mit denen gesellte sie sich eines nachmittags wie zufällig zu den probenden Jazztanzgirls in der Schulaula. Nachdem sie eine Weile zugeschaut hatten, fing der erste an zu kichern. Tatsächlich hatte Bettina ein Dress an, das ihre Fettröllchen bei jeder Bewegung besonders gut zur Geltung brachte.

„Hey Bette, gab´s in deiner Größe kein Teil mehr?"

Die tanzenden Mädchen versuchten, sich nicht irritieren zu lassen, aber da rief der zweite: „Bette, deine Speckfalten tanzen gar nicht im Rhythmus."

Die ganze Gruppe um Anja prustete los.

142

Bette wurde puterrot und machte eine unglückliche Bewegung. RATSCH! Die linke Seitennaht ihres Einteilers war über die ganze Taille hinweg nach unten aufgerissen und gab den ungnädigen Blicken der Zuschauer weiße Unterwäsche preis.

„Guck mal, was die da anhat."

„Uiih, Bette, haste das von deiner Oma geerbt?"

Bettina, die für einen Moment mitten in der Bewegung erstarrt war, stürzte aus der Aula, als hätte der Blitz sie getroffen. Ihr Schluchzen hallte noch lange in den Gängen nach.

„Verpisst euch bloß ganz schnell, ihr Arschlöcher." Das Funkeln in Cynthias Augen ließ Tanjas Grinsen einfrieren. Die Jungen feixten und verließen die Aula. Tanja aber empfand keinen Triumph mehr. Wortlos schlich sie davon.

„Bette macht nicht mehr mit. Ist es das, was du wolltest?" fragte Sophie ein paar Tage später, und Tanja hatte keine Antwort.

„Eine schöne Freundin bist du. Erst lässt du uns im Stich und dann machst du uns noch alles kaputt." Jessika hatte tatsächlich Tränen in den Augen.

Tanja wäre am liebsten weggelaufen, aber die Freundinnen versperrten den Weg.

„Ich wollte nur ein bisschen Spaß machen."

„Toller Spaß." Cynthia übertraf sich selbst im Stirnrunzeln.

„Das musst du erst wieder gut machen, bevor wir dir verzeihen." Sophie hatte beide Arme in die Hüften gestemmt. Offensichtlich hatten die Freundinnen bereits eine Strafe ausgesonnen. Sie sollte für Bettina einspringen, ob sie wollte oder nicht.

Da in vier Wochen der Wettbewerb war, bedeutete das jede Menge harte Arbeit. Andererseits kam sie dabei ihren Freundinnen wieder näher.

Bettina ging ihr, wie sie erleichtert feststellte, ganz aus dem Weg. Und selbst die Tanzlehrerin verlor kein Wort über Bettinas Ausstieg. So konnte sie dieses Thema einfach abhaken.

Der Tag des Wettbewerbes rückte unaufhaltsam näher Tanja packte das Tanzfieber. Mit Hilfe der Tanzlehrerin hatten sie eine schwierige, sportlich betonte Choreographie einstudiert. Mit ihren Fortschritten fingen die Mädchen an zu träumen: Vom Bühnenauftritt, vom Applaus und vom Sieg. Den drei Erstplatzieren winkten Sachpreise, sowie ein Bericht mit Foto in der örtlichen Presse.

Die Tanzschule, die den Wettbewerb ausrichtete, hatte die Sporthalle des Ortsvereins gemietet. Einundzwanzig Auftritte waren gemeldet worden. Viele Mitstreiter waren Tanja und ihren Freundinnen gar nicht bekannt, was die Aufregung noch steigerte.

Zur Eröffnung gab es eine kleine Rede. Tanja betrat eine halbe Stunde später mit ihren Freundinnen die Bühne. Die Halle war gerammelt voll: Verwandte, Freunde, Bekannte und Unbekannte schauten sie erwartungsvoll an. Als die Musik begann, war Tanja zu Mute, als hätte sie alle Tanzschritte und Figuren vergessen. Obwohl sie alles bestimmt hundertmal getanzt hatte, musste sie dauernd überlegen, wie es weiterging. Danach war sie sicher, dass sie noch nie in ihrem Leben so schlecht getanzt hatte. Ihren Freundinnen schien es nicht besser zu gehen, so, wie sie zu ihren Plätzen schlichen. Stumm schauten sie die weiteren Darbietungen an.

Dann wurde Bettina aufgerufen.

Tanja warf ihren Freundinnen einen fragenden Blick zu, doch die zuckten mit den Achseln. Mit einem pinkfarbenen Sportdress betrat Bettina die Bühne.

Tanja holte tief Luft und wusste nicht, ob sie lachen oder „Oh nein" rufen sollte.

Alle im Saal schienen den Atem anzuhalten angesichts des knallengem Kostüms, dass Bettina da präsentierte. Als sie dann zur Musik tanzte, spannte der Stoff noch mehr. Tanja hätte schwören können, dass Bette mittlerweile noch dicker geworden war. Zusätzlicher Kummerspeck, flackerte ihr Gewissen auf.

Da kam es auch schon. Das hässliche Geräusch:

RATSCH!

So laut und deutlich, als wäre ein Mikrophon direkt an dieser Stelle platziert.

Bettina guckte erstaunt, dann entsetzt. Sie machte eine unbeholfene Bewegung, wie um die Blöße zu verdecken. Dabei ratschte es wieder. Auf der anderen Seite. Beide Seitennähte klafften auseinander. Dieses Bild brachte nun doch die ersten Lacher.

Bettina spreizte die Arme, wippte nach vorne, machte eine entschuldigende Geste Richtung Publikum.

Erneutes Ratschen, das Kostüm hing nur noch in Fetzen an ihr.

Mit einem Ruck riss Bettina es weg, fast wie eine Stripperin und – stand im roten Sportdress vor dem Publikum. Das erleichterte Lachen ging in einen kurzen Applaus über.

Bettina tanzte weiter, drehte Pirouetten und machte ein paar Sprünge, bis auch das rote Kostüm riss. Darunter kam ein grünes zum Vorschein. Das Publikum lachte und klatschte. Zuletzt verbeugte Bettina sich in einem blauen Kostüm und erhielt johlenden Beifall.

Die Siegerehrung begann mit der Verlesung der Plätze fünf und vier, für die es immerhin eine Urkunde gab. Tanja und ihre Freundinnen waren nicht dabei. Auch nicht auf dem dritten oder zweiten Platz.

Platz eins aber ging an Bettina.

Neben einem Pokal erhielt sie einen Tanzkurs ihrer Wahl bei der ausrichtenden Tanzschule.

146

Das Publikum jubelte ihr zu.

Bettina nahm das Mikrofon und bedankte sich: bei den Zuschauern, bei der Jury und bei der Jazztanzlehrerin, die mit ihr die Choreographie entworfen hatte.

Tanja schnaubte. Ihre Tanzlehrerin hatte das also mitausgeheckt und die ganze Zeit über nichts gesagt.

Und dann – nein, sie hatte sich nicht verhört – bedankte Bettina sich allen Ernstes bei ihr! Ohne Tanja, sagte sie, wäre sie nie und nimmer auf die Idee zu einer solchen Tanzeinlage gekommen, die ihr nun diesen tollen Preis eingebracht hatte.

Tanja floh aus der Halle.

Sie wollte Bette auf keinem Fall begegnen.

Nicht heute.

Frau Wiedemann

Rosemarie Benke-Bursian

Sabine saß, wie so häufig, schon sehr zeitig am Frühstückstisch und schlürfte in kleinen Schlucken ihren Kaffee. Wie immer um diese Zeit war es vollkommen ruhig. Kein Straßenlärm, keine Hausgeräusche.

Doch halt. Da flog mit lautem „Rumms" die Tür der Nachbarswohnung zu. Schlurfende Schritte, leise tapsende Pfoten.

Frau Wiedemann ging mir ihrem Hund Boris spazieren. Ohne auf die Uhr zu schauen, wusste Sabine wie spät es jetzt war: zehn vor sieben.

Nicht ungefähr zehn vor sieben, nein wenn die Tür ins Schloss fiel, war es Punkt 6:50. Und genau zehn Minuten später wurde der Schlüssel im Schloss herumdreht, um die Tür wieder aufzusperren. Nicht ungefähr zehn Minuten später, sondern Punkt sieben Uhr. Montags wie dienstags und jedem anderen Tag der Woche, ja sogar am Wochenende.

Warum kann sie nicht einfach mal ausschlafen?, fragte sich Sabine oft, aber Frau Wiedemann dachte nicht daran. Tagein tagaus: Punkt 6:50 Wumm und 7:00 Knirsch. Letzte Woche, letzten Monat, letztes Jahr und deshalb auch morgen und nächste Woche und bis in alle Ewigkeit.

Das ist doch krank!

Sie wusste eigentlich nicht so genau, was sie daran störte. Im Grunde konnte ihr Frau Wiedemann egal sein. Sie kannte sie kaum, denn außer morgens mit Boris schien sie sich selten mal aus der Wohnung weg zu bewegen. Eigentlich eine Ideal-Nachbarin, wenn man sein Büro zu Hause hatte. Eine, die man weder hörte noch sah. Außer morgens, diese ominösen zehn Minuten.

Konnte der Hund nicht mal Verstopfung haben oder Durchfall oder am besten sogar beides zusammen?

Solche Gedanken konnte Sabine kaum vor sich selber zugeben. Sie schienen genauso albern, wie neulich ihre inszenierte Störaktion:

Glücklicherweise ahnte niemand, dass es Absicht war, als sie jenen Morgen mit freudiger Erregung, einen vermeintlich schweren Müllsack genau um 6:49 aus der Tür wuchtete und dann die Treppe hinunter schleifte. Jeder Schritt eine Mühsal. Stöhnend und ächzend brauchte sie ganze drei Minuten bis zur Mülltonne. Denn zuvor hatte sich dieser Sack doch tatsächlich noch in der Eingangstür verhakt. Natürlich hatte sie sich bei Frau Wiedemann entschuldigt, die geduldig hinter ihr die Treppe herunter gekommen war. Ebenso geduldig wie Boris, der alters-schwache Cockerspaniel. Frau Wiedemann nickte nur freundlich und ging an ihr vorbei.

Ha! Sabine rieb sich die Hände. Und nun Frau Wiede-mann? Es ist bereits 6:55! Das schaffst du nie! Munter sprang sie die Treppe hoch. Sie fühlte sich, als hätte sie soeben den ultimativen Werbeslogan gefunden, der ihr für die neue Kosmetik-Campagne noch fehlte. Sie ging in ihre kleine Wohnküche, räumte den Tisch auf. Hier konn-te sie am besten zum Treppenhaus hinaus lauschen.

Waren da etwa Schritte?

Nein, das konnte doch nicht sein! Oder? Im Radio er-tönte der Sieben-Uhr-Gong und – drüben wurde der Schlüssel im Schloss herumgedreht.

Neiiiiiin!

Sabine sank auf den Stuhl und stütze den Kopf in die Hände. Wieso? WIESO? Wütend trommelte sie auf dem Tisch herum.

An diesem Tag fand sie keinen guten Werbeslogan mehr. Stattdessen spukten ihr ganz aberwitzige Ideen durch den Kopf, so wie die von einer maskierten Person, die Frau Wiedemann so lange festhielt bis es 7:01 war.

Nach dieser schmachvollen Niederlage versuchte sie die morgendlichen Wiedemann-Geräusche einfach zu igno-rieren. Das konnte ja eigentlich auch nicht so schwer sein. Andere gewöhnten sich schließlich sogar an Züge, die fast durchs Wohnzimmer schnaubten.

Aber es war wie verhext, je mehr sie versuchte, sich nicht mehr um Frau Wiedemann zu kümmern, um so lauter hörte sie das Zuschlagen und Aufschließen der Tür. Ja sie lauerte sogar direkt darauf. Würde es nicht heute einmal ausbleiben? War ihre Nachbarin vielleicht krank? Jeder war irgendwann mal krank. Und Frau Wiedemann war schließlich schon eine betagte Frau. So wie ihr Hund. Doch diese Frau wurde offensichtlich nie krank.

Und Sabine schämte sich. Wie konnte sie einer armen alten Frau nur so hässliche Dinge wünschen?

Aber wie war es denn mit dem Hund? Nur so eine mini-winzige Erkältung, so eine, die nur einen einzigen Tag dauerte, würde doch schon reichen.

Der Tag kam völlig unerwartet.

Sabine schlürfte ihren Morgenkaffee und überdachte missmutig die Aufgaben, die vor ihr lagen. Der Text für die neue Cremeserie musste komplett überarbeitet werden. Nicht nur, dass er vor Rechtschreibfehlern nur so strotze – statt *ohne Konservierungsstoffe* hatte sie *ohne Koihlenstoffe* geschrieben. Außerdem schiene der gesamte Text von Falten und Blässe durchzogen, statt Frische und Pfirsichhaut in den Vordergrund zu rücken. Diese Creme würde höchstens jemand kaufen, der sich die Haut ruinieren wollte – oder jemand, der einem andern eine Gesichts-Allergie verpassen wollte ...

Während sie so vor sich hingrübelte, ertönte im Radio der Sieben-Uhr-Gong.

Sie fuhr in die Höhe, schüttete heißen Kaffee über ihre rote Seidenbluse, sprang mit spitzem Schrei auf und sackte dann auf den Stuhl zurück.

Was war passiert?

Sie hatte Frau Wiedemann überhört. Das gab´s doch gar nicht. Wie konnte man ein so auffälliges Geräusch einfach überhören? Sie hatte es doch gestern noch gehört. Laut und überdeutlich. Deutlicher noch als den Presslufthammer, der seit einigen Tagen um sieben Uhr die halbe Straße aufriss. Oder eben fast um sieben Uhr. Der Mann war ja nicht so bescheuert wie ihre Nachbarin und arbeitete nach Gongschlag. Auch jetzt konnte sie den Presslufthammer knattern hören.

Frau Wiedemann hatte sie nicht gehört. Sollte sie jetzt weinen oder lachen? Hatte sie sich nicht genau das immer gewünscht?

Am nächsten Tag verpasste Sabine die Nachbarin ebenfalls. Es war unglaublich. Plötzlich schien sie Wiedemann-taub zu sein. Sie kam ja ganz durcheinander mit ihrem eigenen Zeitplan.

Sie hatte immer zwischen 6:50 und 7:00 Uhr ihren Frühstückstisch abgeräumt, aber jetzt war sie schon zum

zweiten Mal erst durch den Sieben-Uhr-Gong hochge-
schreckt worden.

Sie wusste gar nicht so genau, was sie daran wirklich
störte. Aber so konnte es auch nicht weitergehen, das
stand fest.

Am nächsten Tag stellte sie ihren Wecker: 6.49 Uhr.
Dann schlich sie in ihren Flur und horchte nach draußen.

Nichts.

Kein „Bums", keine Frau Wiedemann und auch kein
Boris.

Was war los?

Unruhig marschierte sie durch die Wohnung.

Da war sie nun, diese miniwinzige Erkältung, sagte sie
sich, doch ein triumphierendes Gefühl wollte sich nicht
einstellen. Im Gegenteil, bei dem Gedanken ging es ihr
eher noch schlechter.

Sei nicht albern, das ist nicht deine Schuld, schimpfte
sie und fuhr sich unglücklich durchs Haar.

Schließlich hielt sie es nicht mehr aus, rannte aus der
Wohnung und schellte an der Nachbarstür.

Nach langen Minuten öffnete sich ein Spalt und ein ur-
altes, faltiges Gesicht tauchte auf. Sabine brauchte eine
Weile, um Frau Wiedemann zu erkennen.

„Ähhem", räusperte sie sich.

„Kommen Sie doch rein, sagte das faltige Gesicht müde
aber freundlich, und die Tür glitt auf. Frau Wiedemann
im blaugeblümten Morgenmantel mit etwas zerzaustem

153

Haar winkte kraftlos und Sabine trat zögernd ein. Als sie dann am Küchentisch saßen, jeder eine Tasse heißen Tee in der Hand, begann Frau Wiedemann zu erzählen:

Vor zwei Jahren war ihr Mann Heinrich verstorben. „Er war immer so pingelig gewesen, alles musste pünktlich gemacht werden, alles musste immer an seinem Platz sein. Nicht irgendwie und ungefähr, sondern ganz akkurat. Alles gerade in einer Richtung angeordnet, immer in der gleichen Reihenfolge." Frau Wiedemann seufzte leise, bevor sie die nächsten Worte mehr heraus hauchte als sagte: „Es war schrecklich." Sie legte ihre Hände in den Schoss und blickte gedankenverloren in ihre Teetasse.

Nach ein paar Schweigeminuten erfuhr Sabine, dass Frau Wiedemann dann nach Heinrichs Tod erkannte, was sie eigentlich alles an ihm gehabt hatte.

„Und ich habe immer so herumgeschimpft, wegen seiner Pingeligkeit. Wir haben fast nur noch gestritten die letzten Jahre. Oft habe ich mit Absicht was andersherum gelegt, an eine andere Stelle gesetzt, bin unpünktlich gewesen. Nur um ihn zu ärgern, nur um da eine Störung in diese übertriebene Ordnung zu bringen! Verstehen Sie?"

Oh, Sabine verstand nur zu gut und bekam einen roten Kopf.

„Dabei hatte er doch auch so viel Gutes getan. Aber das habe ich erst nach seinem Tod bemerkt. Als ich es nicht mehr hatte. Da habe ich gemerkt, was ich mit ihm verloren habe." Frau Wiedemann seufzte wieder. „Und den-

154

ken Sie mal, es dauerte nicht lange und ich hab sogar seinen Ordnungsfimmel vermisst. Ist das nicht unglaublich?" Kopfschüttelnd nippte sie an ihrem Tee. „Oh, ich habe ihm so unrecht getan, ihn so geplagt. Und dann, ... dann habe ich zu Boris gesagt: Pass auf, wir machen das jetzt wie Herrchen, wir gehen immer zur gleichen Zeit. Ganz pünktlich. Übergenau pünktlich. So wollen wir sein Andenken hochhalten, dann kann er von da oben zusehen und sich nachträglich über uns freuen."

Frau Wiedemann verstummte und Sabine sah sie fragend an.

„Ja, und nun ist auch der Boris gestorben."

Boris war plötzlich krank geworden – Sabine schluckte einen dicken Kloß herunter – und dann war alles sehr schnell gegangen. Erst vertrug er die Medikamente nicht – „er war ja auch schon 15 Jahre alt" – dann verfiel er von einem Tag auf den anderen, konnte kaum noch atmen – Lungenentzündung, aus.

"Gestern habe ich ihn beerdigt, mit Lena, der Tochter von unserem Bäcker, Sie wissen schon."

Sabine wusste nicht.

„Die Lena hat Boris ja am Nachmittag immer ausgeführt, das haben Sie sicher bemerkt, nicht war?"

Sabine hatte nichts bemerkt. Überhaupt nichts. Schlagartig wurde ihr klar, wie wenig sie von Frau Wiedemann mitbekommen hatte, obwohl sie doch Tür an Tür wohnten. Eigentlich hatte sie nie auf sie geachtet, nur auf diese morgendliche Gassi-Geh-Runde.

„Ich kann ja nicht mehr so viel laufen," fuhr Frau Wiedemann fort. „Und Lena hat dann immer noch einen Kakao bei mir getrunken." Sie trank einen großen Schluck Tee und schaute aus dem Fenster. „Die Lena kommt natürlich jetzt auch nicht mehr."

Überwältigt von einer Vielzahl von Gefühlen und dem Eindruck, sie müsse jetzt unbedingt etwas „Richtiges" sagen, konnte Sabine sich gerade noch das „Wie wäre es mit einem neuen Hund?" verkneifen. Nein, ein quirliger junger Hund, das passte gar nicht.

Doch im gleichen Moment reifte ein ganz anderer Gedanke in ihr. Ein absurder Gedanke. Und schnell, bevor sie es sich noch wieder anders überlegen konnte, machte sie Frau Wiedemann ihr Angebot.

Erst etwas ungläubig und zögerlich, doch dann verhalten lächelnd nahm Frau Wiedemann an.

„Ja dann … dann vielen Dank auch, und bis morgen früh, ich … ich freu mich schon", sagte sie sichtlich gerührt und begleitete Sabine bis zur Tür.

„Ich freue mich auch", antwortete Sabine wahrheitsgemäß und drehte sich noch mal um. „Ähm, Frau Wiedemann, … es könnte aber eventuell ein bisschen später werden", sagte sie und hob unsicher die Schultern.

„Aber das macht doch gar nichts", sagte ihre Nachbarin und sah schon wieder etwas jünger aus. „Wenn Sie nur überhaupt kommen. Was sind da schon ein paar Minuten hin oder her?" Ihr Blick fiel zum Foto ihres verstobenen Mannes. „Das verstehst du doch, Heinrich, oder?" Sie atmete einmal tief durch und ergänzte leise: „Zeit spielt für dich jetzt keine Rolle mehr, nicht wahr?"

A-B-S-E-I-T-I-G

Rosemarie Benke-Bursian

*A*ls Benno die Wohnung mit seiner Frau Cäcilie bezogen hatte, bot sie noch einen freien Blick auf die umliegenden Weiden und Felder. Doch schon wenige Jahre später wurde die Aussicht von fensterlosen Hauswänden reicher Nachbarn versperrt, die sich über ortsübliche Bauvorschriften hinweg setzen konnten. Selbst sonnige Tage verbreiteten nun eintönige Tristesse. Benno und Cäcilie wären gerne ausgezogen, doch die Mieten in schöneren Wohnungen waren hoch, seine Rente klein. Dann wurde Cäcilie krank, verstarb und Benno gab die Suche nach einer anderen Wohnung auf. Ohne seine Cäcilie wollte er nicht mehr umziehen.

*B*enno trug mit dem Tod seiner Frau sein letztes Stück Geselligkeit zu Grabe. Oft stand er nun einfach nur am Fenster und schaute auf das graue Einerlei, das für ihn zum Sinnbild seines Lebens geworden war. Aus einem einstmals bunten Dasein war einsame Farblosigkeit geworden. Das wirkliche Leben fand andernorts statt, irgendwo hinter der Wand. Doch je länger Benno diese graue Begrenzung anstarrte, umso mehr schwand seine Abneigung gegen sie. Die Wand wurde zu einem vertrauten Anblick. Und nach einiger Zeit war er froh, dass sie da war.

Seit Cäcilies Tod ging Benno kaum noch vor die Tür. Seine arthrotischen Knie machten das Treppensteigen zu einer Plage. So nahm er immer häufiger das Angebot seiner Nachbarin an, die Einkäufe für ihn zu erledigen. Zu Beginn ging das noch mit einem Schwätzchen vonstatten, doch nach einer Weile wusste Benno nichts mehr zu erzählen. Wollte auch nichts mehr hören. Schließlich übergab er seinen Einkaufszettel, fragte: „Wie geht's?" und wenn die Nachbarin „Na, muss ja, oder?", geantwortet hatte, nickte er und schloss die Tür. Später nahm er „Danke schön", die Einkaufstaschen entgegen, überprüfte weder Inhalt noch Wechselgeld und wenn die Nachbarin mit sorgenvoller Miene „Bitte, tue ich doch gerne", geantwortet hatte, nickte Benno und schloss die Tür.

Er und Cäcilie hatten zwei Töchter großgezogen. Sie waren früher häufig zu Besuch da gewesen, hatten mit der

Mutter gelacht und gescherzt. Benno war schon damals oft schweigend daneben gesessen. Ihm hatte es genügt, zuzuhören, einfach dabei zu sein und teil zu haben, ohne reden zu müssen. Doch nach Cäcilies Tod stellte sich heraus, dass die Töchter keine Sprache für den schweigsamen Vater entwickelt hatten. Sie machten Pflichtbesuche, hielten seinen Haushalt in Ordnung, aber das Lachen und Plaudern behielten sie Freunden vor. Mit der Zeit kamen sie immer seltener und Benno war es recht. Die Töchter brachten ein Stück Leben von draußen mit, eine störende Unruhe. Er wollte Ruhe. Das Draußen war ihm fremd geworden, machte ihm Angst. Davon wollte er nichts wissen, nichts hören, nichts sehen. Nur die Wand wollte er sehen. Sie war vertraut, ja eine Freundin, denn sie schützte ihn vor dem Dadraußen.

Im zweiten Jahr nach Cäcilies Tod stellte Benno seine Möbel um. Sein Bett schob er an das Fenster, so dass er schon beim Aufwachen die Wand begrüßen konnte. Die Vorhänge hatte er abgehängt. Sie behinderten unnötig die freie Sicht auf seine graue Freundin und hineinschauen konnte ja sowieso niemand. Außerdem war es höchst praktisch, ersparte es doch das mühselige Vorhangwaschen. Im Wohnzimmer stellte er Sessel und Couch um. Auch hier hatte er die Vorhänge abgehängt. So konnte er die Wand von jedem Sitzplatz aus sehen. Da saß er dann, betrachtete sie liebevoll und manchmal redete er sogar mit ihr, ohne Worte. Seine Wand verstand ihn auch so. Sie war ihm ähnlich, Benno war der Wand ähnlich geworden.

*T*atsächlich hatte Benno angefangen, selbst nur noch graue Kleider zu tragen. Das war gar nicht so schwer. Er musste nicht mal neue Teile kaufen. Er hatte graue Socken, graue Hosen, eine graue Strickjacke, ja sogar zwei graue Hemden und zwei graue Anzüge. Bei einem grauen Pullover hatte er sogar die aufgestickten schwarzblauen Stickereien entfernt. Es war mühselig gewesen, aber dennoch hatte die Arbeit ihm Spaß gemacht. Sie brachte ihn seiner getreuen Freundin noch näher, machte sie beide einander noch ähnlicher. So zeigte er ihr seine Verehrung, und sie verstand und dankte es auf ihre Art, mit Standhaftigkeit, Aufrichtigkeit und Dauerhaftigkeit.

*I*nge, seine Älteste kam seit einiger Zeit wieder öfter vorbei. Doch sie redete verworrene Sachen. Benno verstand nicht, was sie wollte. Richtig böse wurde er, als sie die Vorhänge wieder aufhängen wollte. Sie meinte, die Wohnung müsse wieder Farbe bekommen, fröhlicher werden. Aber Inges Fröhlichkeit war nicht seine. Und die Wohnung hatte die schönste Farbe der Welt: Die alten verblassten Möbel hatten dem ursprünglichen Braun einen gräulichen Ton beigemischt. Die Lampe in der Küche hatte einen hellen Grauschimmer angenommen. Und der Teppichboden, der schon immer graumeliert gewesen war, hatte seine Strukturen denen der Wand angepasst. Alles war genau so, wie Benno es wollte. Und seine Wand, das wusste er, die wollte es auch so. Sie schaute gerne in die Wohnung hinein, war deshalb vor kurzem sogar ein bisschen näher gerückt. Nicht viel. Inge konnte den Unterschied natürlich nicht erkennen. Aber er, Benno, der ja jeden Tag seine Wand beobachtete, hatte es sofort bemerkt. Inge sagte etwas von weg und heim. So ein Blödsinn. Niemand musste weg, um heim zu kommen. Inge war irre geworden.

Ganz gegen seine Gewohnheit, führte Benno nach diesem Besuch ein lautes Gespräch mit seiner Wand. Inge hatte ihn aufgewühlt. Sie hatte etwas Wichtiges durcheinander gebracht. Etwas, das sein Leben betraf. Aber da sie so wirr gesprochen hatte, wusste er nicht genau, was es war. Sie hatte ihm Angst gemacht. Er sollte eigentlich mit Tanja sprechen, seiner jüngeren Tochter. Aber wie hätte er mit ihr sprechen können, wenn sie nicht vorbeikam? Oder hieß sie Anja? Und würde sie wirklich wieder Ordnung herstellen können? Sie war lange nicht da gewesen. Was wusste sie schon von seiner Ordnung? Womöglich war sie ja auch wirr geworden? Besser war, es kam überhaupt niemand in die Wohnung. Die Wand musste helfen, das war es. Und die Wand *würde* helfen. Sie musste nur die andere Seite versperren, dann konnte niemand mehr herein. Langsam wurde Benno ganz ruhig. Er musste es ihr nur sagen, dann würde sie ihn umfangen.

Rundum. Bis sie eins wären. Für immer.

Abseitig.

Wörter machen Geschichte

Rosemarie Benke-Bursian

Meine Geschichte setzt sich aus vielen heiteren, großen und kleinen Wörtern zusammen, die ich sorgfältig ausgesucht habe. Jedes einzelne bekommt seinen Platz an genau der richtigen Stelle, so dass es seine volle Wirkung entfalten kann. Meine Geschichte soll eine fröhliche sein, entsprechend bunt stelle ich die verschiedenen Ausdrücke zusammen:

Eines dieser Wörter lautet beispielsweise Geburtstag, ein anderes Freude und ein drittes feiern. Außerdem kommen Freunde und Party darin vor.

Die Wörter, mit denen die Geschichte beginnt, lauten Dekoration, Kerzen, Buffet, Girlanden, Beeilung, Gäste, Gläser, Kühlschrank, Klappstühle, Besteck, Beleuchtung und Servietten. Ziemlich zu Anfang geben sich auch noch mehrmals Hallo, Geschenke, strahlen, Türglocke, Augen, Dankeschön, Jacke, Haken, auspacken, Sekt, wundervoll und klirren buchstäblich die Klinke in die Hand.

Der Ausdruck Überraschung drängt sich dabei ziemlich in den Vordergrund, er kommt bestimmt zehnmal vor.

Etwas später tummeln sich in wilder Reihenfolge dann Begriffe wie Imbiss und Salate, Bier und Wein, Teller und Gabel, Snacks und Bowle, essen und schneiden, Knabbereien und Häppchen, schmecken und voll, Mund und mampfen, Schüssel und Obst, Gebäck und Beeren, Käse und Trauben, lecker und Nachschlag, trinken und nachfüllen, viel und Schnaps in den Zeilen.

Dazwischen quetschen sich jetzt jedoch zunehmend Krümel und kleckern, allerdings auch Begeisterung und loben, dann wieder schütten, manchmal verbunden mit heftig, und dann folgen Schreck und Fleck und plötzlich erscheint gar das Wort Scherben.

Danach tauchen – wie unschön – Ärger, Stirnrunzeln und Fluchen auf. Doch nur kurz, denn schnell wird alles zusammen mit einem Besen und einem Fegen wieder aus der Geschichte herausgekehrt.

Die Story gewinnt langsam an Fahrt. Wichtige Wortgebilde – es ist etwa in der Mitte der Erzählung – sind jetzt Spaß, lachen, Schulterklopfen, reden, zuhören, schmunzeln, erzählen, Witze, grinsen, Stimmen, durcheinander, flapsen und kichern. Auch ein Prost, ein toll, sowie einschenken drängen jetzt öfter in die Zeilen. Wörter wie süffig und Wein werden fast liebevoll mit der Zunge gestreichelt.

Dann kommt ein bedeutender Höhepunkt: Das lautmalerische Wörtchen schellen taucht noch mal auf. Dann die bisher noch nicht genannte Bezeichnung Schulfreund. Mit ihm übertönen lachen, Zeiten, alt, herein, schön und ein weiteres Mal die Überraschung alle anderen Begriffe. Dazu gesellen sich noch gelungen, Umarmung, erneut die Freude – aber diesmal riesengroß – und drücken. Einige Zeilen lang gelingt es kaum einem anderen Wort, sich dazwischen zu drängen.

Viel Raum nehmen zu später Stunde dann Musik, CD, eng, heiß, Zunge schwer, schwitzen, bierselig und lustig ein. Mit einem Mal wollen sich die beiden Wörter laut und Ruhe dramatisch in Szene setzen, doch sie werden einfach ignoriert. Vorwitzig schleichen sich jetzt dafür öfter Worthülsen und Satzfragmente ein. Auch einzelne Silben, auf die niemand sich einen Reim machen kann, werden hie und da gesichtet. Stammeln, undeutlich, Unsinn und schallend erschweren es zusätzlich, der Geschichte zu folgen. Eine gewisse Uneinigkeit entsteht über das Blabla, das sich, kaum aufgetaucht, vor allem zwischen den Zeilen breit machen will.

Derweilen huschen ein paar Espressi, Kaffee oder Selters durch den Text, drücken sich gewichtig am Blabla vorbei und werden doch nur von wenigen bemerkt.

Dann ganz plötzlich, die Geschichte gewinnt an Dramatik, die Heiterkeit scheint ein weiteres Mal gefährdet, steht da plötzlich das unappetitliche Wort Übelkeit.

Nun wird es etwas hektisch. In schneller Abfolge ergießen sich die Wörter Badezimmer, Rausch ,Magen, würgen, Schüssel, spritzen, putzen und waschen in die Sätze. Als diese unschönen Wortkombinationen dann endlich aus der Erzählung verscheucht werden können, folgen trösten, schlafen, Couch, egal, Kamillentee und gut.

Uff.

Auch diese Hürde ist geschafft. Die Geschichte kann heiter und fröhlich bleiben.

Schließlich, es geht schon fast dem Ende zu, werden immer häufiger die Wörter müde, leer, Flaschen, alle, spät, Tropfen, aufgegessen, schön, Danke, zuviel und ausgetrunken verwendet. Danach gewinnen Nacht, nächstes, Mal, prima, heim und Abschied die Oberhand. Irgendwo zwischen den Zeilen hat sich ein Taxi eingemogelt. Doch kaum wurde es gesichtet, ist es auch schon wieder verschwunden. Keiner weiß so genau, wer es vertrieben hat. Es ist auch nicht wichtig, denn nun konzentriert sich alles auf Ade, Tür, Auto, Morgen, schlagen, Tschüss, Motor, Heulen,Wiedersehen, Licht, Ciao, Quietschen und Reifen.

Eine heiter-fröhliche Geschichte klingt aus und ich bin direkt stolz auf diese vielen gekonnten Wortkompositionen.

Gerade setzte ich an, ein Ende unter die Geschichte zu schreiben, da beginnen die Buchstaben mir nicht mehr zu gehorchen. Wie eine drohende Wand steigen sie aus den Zeilen und versperren mir den Weg zu meinem Schluss-

wort, formen ohne Erlaubnis die Wörter: schlecht, langweilig und – oh, nein - dieses grässliche Unwort ...

KITSCH!

Kaum habe ich mich vom ersten Schreck erholt, bilden
sie neue Begriffe: Realität blinkt mich an und dann, ohne
die geringste Vorwarnung, erscheinen:

Schulfreund und Unfall,

chancenlos und Mitschuld,

Alkohol und Trauer,

To...

NEIN!!!

Wie ein Bodyguard werfe ich mich vor meine Geschichte und vervollständige mit fahrigen Fingern den Wort-
torso To... zu Totalschaden. Und gleich hinterher, quasi
um Zeit zu gewinnen, werfe ich ein x-tes Mal das Wort
Überraschung in die Erzählung. Dann fällt mir Glück ein,
danach Hoffnung, Besserung und – aufatmen.

Letzteres strömt sogleich aus der Geschichte heraus
und durchflutet meinen Körper.

Gerettet!

Nachwort

Haben Ihnen die Geschichten in dieser Anthologie-Ausgabe gefallen?
Dann empfehlen Sie das Buch doch gerne weiter.
Machen Sie es jemandem zum Geschenk.

Ganz besonders freuen sich die Autorinnen und Autoren auch über eine kleine Bewertung oder eine längere Rezension, denn das ist die andere Währung, von der alle AutorInnen leben.